KB114211

침략자 장편소설

FUSION FANTASTIC STORY

작가 정규현

작가 정규현 5

침략자 장편소설

초판 1쇄 찍은 날 § 2018년 9월 11일
초판 1쇄 펴낸 날 § 2018년 9월 18일

지은이 § 침략자
펴낸이 § 서경석

총괄팀장 § 최하나
편집책임 § 김슬기
편집 § 김대용·최광훈

펴낸곳 § 도서출판 청어람
등록번호 § 제387-1999-000006호
등록일자 § 1999. 5. 31
어람번호 § 제1-2953호

주소 § 경기도 부천시 부일로 483번길 40 서경B/D 3F (우) 14640
전화 § 032-656-4452 팩스 § 032-656-4453
http://www.chungeoram.com
E-mail § chungeorambook@daum.net

ISBN 979-11-04-91826-1 04810
ISBN 979-11-04-91746-2 (세트)

침략자 장편소설

FUSION FANTASTIC STORY

⑤

작가
정규현

도서출판

작가
정규현

Contents

34장. 중국 진출   7

35장. 전면전   57

36장. 군림   101

37장. 세계로 흐르는 강   147

38장. 연말에는 시상식   191

39장. 미드   249

34장

중국 진출

[작가님, 국제콘텐츠진흥원 드라마 산업팀장 조승필입니다. 양반탈 마지막 화 시청률 집계 결과가 나왔습니다. 놀라지 마세요. 35.2%입니다. 35%인 대왕사신기의 신화를 저희가 깼습니다!]

이른 아침, 규현은 승필로부터 한 통의 문자메시지를 받았다.

문자메시지에서 승필이 느낀 여러 가지 감정이 고스란히 규현에게 전달되는 듯했다.

비록 턱걸이지만 시청률 35%를 돌파했다는 승필의 말에 규현은 묘한 흥분감에 휩싸였다. 그는 책상으로 달려가 노트북 전원을 켰다.

인터넷에서의 양반탈 마지막 화의 반응을 살펴보기 위해서였다.

〈양반탈, 대왕사신기를 뛰어넘다〉

나이버에 들어가기 무섭게 메인에 양반탈 관련 기사가 올라와 있는 것을 볼 수 있었다.

규현은 기사를 클릭해서 읽어보았다.

기사 내용은 물론이고 댓글들까지 모두 양반탈을 찬양하고 있어서 규현의 입가에 미소가 번졌다.

그는 한참 동안 인터넷을 살폈다. 점심시간이 다가와서야 그는 외출 준비를 하기 시작했다.

오늘은 중국에서 오기로 한 북경 서고 직원을 만나기로 했기 때문에 사무실에 출근하지 못한다고 상현에게 미리 말해두었다.

마지막으로 얇은 셔츠를 걸쳐 입은 그는 오피스텔을 나섰다.

주고받은 메일 내용에 의하면 규현이 만나게 될 직원은 한국인이었다. 북경 서고에서 규현과 원활한 소통을 위해 한국인 직원을 보내준 것이다.

규현은 미리 메일로 한국인 직원인 상준과 전화번호를 주고받았다.

상준이 서울에 도착하면 전화하기로 했으니 조금 있으면 전화가 올 것이다.

오피스텔을 나와 근처 카페에서 아이스티를 마시고 있으니 전화가 왔다. 스마트폰 화면을 확인하니 상준이었다. 서울에 도착하면 전화하기로 했으니 그가 서울에 도착한 듯하다. 규현은 아이스티를 비우고 자리를 정리한 뒤, 카페를 나오며 전화를 받았다.

"여보세요."

─안녕하세요, 작가님. 북경 서고 판무기획팀 유상준입니다.

"서울에 도착하셨어요?"

서울에 도착했으니 전화를 했겠지만 그래도 규현은 확인차 물었다.

─네, 지하철을 타고 서울역에 도착했습니다. 오랜만에 지하철을 탔는데, 사람들은 여전히 많네요.

"서울역으로 가겠습니다. 근처 카페에서 기다려 주시겠어요?"

—예.

전화 통화가 끝나고 규현은 주차장을 향해 발걸음을 옮겼다.

이윽고 운전석에 탑승한 그는 서울역을 향해 차를 몰았다. 서울역에 도착한 그는 근처의 주차장에 차를 주차했다.

그리고 차에서 내리며 스마트폰을 꺼내 들고 상준에게 전화를 걸었다.

"서울역에 도착했습니다. 어디시죠?"

규현의 물음에 상준은 카페 이름과 정확한 위치를 규현에게 말했다. 그가 말한 곳으로 가니 카페 앞에 나와 있는 20대 후반으로 보이는 남자를 볼 수 있었다.

카페 앞에서 누군가를 찾는지 시선을 이리저리 옮기고 있었다. 그러다 규현을 발견한 그는 서서히 규현과의 거리를 좁혔다.

"정규현 작가님 맞으시죠? 사진보다 잘생기셨네요."

상준이 가볍게 아부했다.

규현은 이미 몇 번의 인터뷰를 했기 때문에 그의 사진이 인터넷에 올라가 있는 상태였다.

아마도 상준은 규현을 쉽게 알아보기 위해 인터넷에 규현의 이름을 검색해서 사진을 확인했을 것이다.

"유상준 대리님?"

"예, 북경 서고 판무기획팀 유상준이라고 합니다. 안으로 들어가시죠."

상준과 규현은 카페 안으로 들어갔다.

상준은 규현은 조금 구석진 테이블로 안내했다. 그곳엔 아이스티와 마시다 만 커피가 놓여 있었다.

"앉으시죠. 작가님 것은 아이스티로 주문했습니다. 괜찮으시죠?"

이미 규현이 아이스티를 좋아한다는 사실은 출판업계에 널리 알려져 있는 것 같다.

그는 상준의 말에 고개를 끄덕이며 의자에 앉아 아이스티를 한 모금 마셨다.

"제가 보낸 원고는 잘 받으셨죠?"

"예."

"그렇다면 북경 서고의 생각은 어떻습니까?"

기사 이야기의 중국 출간이 가능한지 물었다. 상준은 얼마 남지 않은 커피를 비우며 입을 열었다.

"사실 저희 북경 서고에서도 기사 이야기 출간을 어느 정도 검토하고 있었습니다."

중국에서 나이츠가 흥행하기 시작하면서 자연스럽게 게임의 원작인 기사 이야기가 수면 위로 부상했고 몇몇 출판사에서는 이미 기사 이야기 중국 출간을 긍정적으로 검토 중에 있었다.

북경 서고도 그런 출판사 중에 하나였다.

"그렇다는 말씀은……?"

"이미 저희 북경 서고는 모든 준비가 끝났다는 겁니다."

그의 말대로 북경 서고는 기사 이야기를 출간할 모든 준비가 끝난 상태였다. 규현과 계약을 하는 순간, 기사 이야기의 중국 출간을 바로 진행할 수 있었다.

"벌써 제가 보낸 원고를 전부 읽으신 겁니까? 한국어로 된 문서 파일이라서 번역하려면 시간이 오래 걸릴 텐데요."

규현이 물었다.

그가 보낸 기사 이야기 원고는 한국어로 되어 있었다.

번역기의 힘을 빌릴 수도 있었지만 나이버에서 제공하는 번역기는 가끔 문장을 이상하게 번역하는 경우가 있었기 때문에 소설 원고를 번역하는 데 맞지 않다고 생각했다.

그래서 한국어 그대로 보냈는데, 그것을 번역해서 읽으려면 꽤 긴 시간이 걸릴 거라고 생각했었다.

"저희 북경 서고에서는 굳이 기사 이야기 원고를 읽어보지 않아도 괜찮다고 생각하고 있습니다. 물론 저를 포함해서 판무기획팀이나 편집팀의 한국인 직원들은 이미 원고를 전부 읽어 보았지요."

북경 서고에선 규현이 보내준 기사 이야기 원고를 번역해서 읽어볼 여유가 없었다.

이미 중국의 많은 유명 출판사들이 규현과 접촉하려는 움직임을 보이고 있었기 때문이었다.

여유를 부리다간 규현을 다른 출판사에 뺏길지도 모른다고 생각했다.

"그래도 괜찮은 겁니까?"

보통 출간에 앞서서 원고를 검토하는 것은 필수였다.

보통은 기획팀장이나 편집팀장과 같은 어느 정도 지위가 있는 담당자들이 원고를 검토하는 게 일반적이었고, 사장까지 원고 검토에 힘을 쏟는 경우도 심심찮았다.

원고를 검토하지 않는다는 것은 작가에 대한 무한한 신뢰가 바탕이 되어 있어야 가능했다.

"사실 저희 회사 직원 대부분이 나이츠 유저입니다. 그래서 스토리를 알고 있기 때문에 원고를 굳이 검토할 필요가 없다고 판단했습니다."

"그렇군요."

"빠르면 빠를수록 좋다고 계약서도 가지고 왔습니다."

상준은 가방에서 계약서를 꺼내 테이블 위에 올렸다.

"지금 당장 계약은 무리일 것 같습니다. 일단 검토를 해봐야 할 것 같네요."

규현은 신중한 표정으로 대답했다.

과거와는 다르게 지금 그는 선택할 수 있는 경우의 수가 많기 때문에 신중하게 결정할 필요가 있었다.

물론 말은 그렇게 했지만 최대한 빨리 결정을 내릴 생각이었다.

상준의 말을 들어보니 중국의 출판사들이 자신과 접촉할 방법을 찾고 있는 것 같은데, 만약 접촉하게 된다면 파란책을 통해서 연결될 확률이 높았다.

계약 내용상 파란책과 통하지 않고 규현이 독자적인 루트로 계약을 한다면 순수익을 파란책과 나눌 필요가 없었지만 파란책을 통해서 계약하게 된다면 어쨌든 파란책이 개입하는 것이기 때문에 순수익을 나눠야만 했다.

"저는 약 일주일 동안 한국에 머물 예정입니다. 그때까지 천천히 결정해 주세요. 물론 그 이후에 결정하셔도 상관없습니다. 중국에 갔다가 다시 한국으로 오면 되니까요, 하하하."

"최대한 빨리 결정을 내리겠습니다."

상준은 언제든지 결정해 줘도 상관없다고 했지만 규현은 최대한 빨리 대답할 생각이었다. 괜히 그를 번거롭게 하고 싶지도 않았고 다른 출판사가 파란책과 접촉하기 전에 계약을 진행하고 싶었다.

＊　　　　＊　　　　＊

규현은 신중하게 생각을 했고 혹시 계약서에 문제가 없는지 법조인에게 검토를 부탁하기도 했다.

그 결과, 계약서에 아무런 문제가 없고 조건도 상당히 좋다는 것을 확인한 그는 다시 상준과 약속을 잡았다.

이번에는 상준이 규현의 사무실로 찾아왔다.

"안녕하세요."

조심스럽게 사무실 문을 열고 들어온 상준은 근처 편의점에서 사 온 주스를 규현에게 건네주었다.

"일찍 오셨네요."

"네. 일찍 다니는 게 좋다고 생각해서 늘 일찍 다니려고 노력하고 있습니다."

규현의 말에 상준은 미소를 지으며 대답했다.

규현은 회의실 문을 열고 먼저 안으로 들어갔다. 상준이 뒤따라 들어왔다.

규현이 앉자 그도 의자에 앉았다. 이윽고 문이 열리며 상현이 들어와 커피를 내려놓고 나갔다.

"결정하신 건가요?"

커피를 한 모금 마시며 상준이 말했다. 규현은 입가에 미소를 머금었다.

"계약 조건이 상당히 좋더군요."

"예, 저희가 상당히 신경 썼습니다. 작가님을 위한 특약도 상당히 많이 걸어두었습니다."

북경 서고는 규현과 계약하기 위해서 그를 위한 여러 특약을 계약서에 명시했다.

상준의 말에 규현은 고개를 끄덕였다. 특약 조항을 읽어보았지만 자신에게 손해되는 것은 없었다.

"특약에 대해 수정하고 싶은데, 혹시 권한을 가지고 계십니까?"

규현이 질문했다. 특약의 대부분은 마음에 들었고 자신이 손해를 보는 것은 없었지만 마음에 들지 않는 부분이 분명히 있었다.

규현의 물음에 상준은 고개를 끄덕였다.

"예, 어느 정도는 제가 권한을 위임받았습니다. 협상할 수 있는 사항에 한해 수정 가능 합니다."

북경 서고에서는 상준이 규현과 확실하게 계약할 수 있도록, 그가 특약을 마음에 들어 하지 않는 경우에 대비해서 상준에게 권한을 부여했다. 그래서 그는 규현과 협의해 특약 조항을 손볼 수 있었다.

"일단 드라마 제작 부분은 빼주시면 좋겠습니다."

북경 프로덕션을 통해 기사 이야기 드라마를 제작한다는 특약 조항이 있었다. 규현은 그 부분의 삭제를 요구했다.

"삭제가 가능합니다만, 작가님 입장에서 볼 때는 드라마로 제작하는 게 좋지 않겠습니까? 아무래도 판권료도 들어오는데……."

"아직은 때가 아닌 것 같습니다. 개인적으로 기사 이야기가 중국에서 영상화된다면 조금 더 제대로 된 환경에서 제작되었으면 좋겠습니다."

상준은 이해할 수 없는 표정을 지으며, 수정을 위해 펜과 도장을 꺼내 들었다.

그는 규현에게 다시 생각해 볼 것을 권했지만 규현의 생각은 변함없었다. 그는 중국의 드라마 제작 기술과 환경에 대해 잘 알고 있었다.

분명 훌륭한 수준이라고도 할 수 있겠지만 기사 이야기와 같은 정통 판타지를 영상화하기엔 부족했다.

무엇보다 파비앙의 역할에 동양인은 어울리지 않는다고 생각했다.

"그리고 선인세가 너무 많습니다. 그 부분도 없어도 될 것 같습니다."

선인세는 족쇄나 다름없었다.

만약 선인세를 많이 걸고 망한다면 사실상 선인세를 채울 때까지 계약을 해지할 수 없다.

기사 이야기가 망할 거라곤 생각하진 않았지만 선인세가

너무 많아도 좋을 건 없었다.

어차피 받을 돈이고, 돈이 당장 급한 것도 아니니 선인세가 없어도 되었다.

"작가님, 계약서를 자세히 안 읽어보셨군요."

"무슨 말씀이시죠?"

상준의 말에 규현이 물었다. 그러자 상준은 입가에 미소를 머금은 채 입을 열었다.

"명시된 계약금 3억 원은 선인세가 아닌 순수 계약금입니다."

보통 한국에서 장르 문학 작품을 출간할 때 작가들은 계약금 명목으로 선인세를 받는다.

아주 가끔 계약금을 받는 경우도 있지만 그 액수는 많지 않다.

신인들에게는 선인세 형식의 계약금도 액수가 많지 않은 경우가 대부분이었다.

규현이 기사 이야기를 일본에서 출간할 때도 선인세가 아닌 계약금을 받았지만 그 액수는 많지 않았었다. 그래서 북경 서고의 상준이 준 계약서에 적힌 3억이라는 계약금은 당연히 선인세일 것이라 생각했다.

"계약금 3억이 선인세가 아니라는 말씀이세요?"

규현의 물음에 상준은 고개를 끄덕이며 입을 열었다.

"네, 순수 계약금입니다."

규현의 눈동자가 살짝 흔들렸다. 선인세가 아니라면 굳이 망설일 필요가 없었다. 당장 계약하는 게 좋을 것 같았다.

"계약하겠습니다."

"잠시만 기다려 주시겠어요? 요청하신 대로 특약 조항을 수 정하겠습니다."

상준은 그렇게 말하며 한국어 계약서 2장과 중국어 계약서 2장의 특약 조항을 손봤다.

내용을 수정하고 그 위에 도장을 찍었다. 특약 조항 수정을 끝낸 상준은 한국어 계약서와 중국어 계약서를 1장씩 규현의 앞에 슬며시 밀었다.

"일단 살펴보겠습니다."

규현은 수정된 특약 조항을 확인했다.

중국어 계약서의 수정된 특약 조항은 확인할 길이 없었지 만 한국어 계약서도 같이 작성했으니, 문제는 없을 것 같았다. 물론 만약의 경우를 대비해서 계약서의 법률 검토를 받았고 이미 중국어 전문가를 통해 내용 확인이 끝난 상태였다.

"사인하겠습니다."

규현은 펜을 꺼냈다. 이미 출판사에서 적어야 할 부분은 모 두 채워져 있었다. 남은 빈칸은 이제 규현이 채워가야 할 부 분이었다.

"제가 적어 넣어야 할 부분은 전부 적었습니다. 이제 남은 빈칸은 작가님이 채우시면 됩니다."

"네."

상준의 설명을 들으며 규현은 빈칸을 채워 넣었다.

계약서를 작성하는 것은 귀찮은 작업일지도 모르지만 오래 걸리지는 않았다.

한국어 계약서와 중국어 계약서를 각각 2장씩 작성한 규현은 상준과 계약서를 나누어 가졌다.

규현이 작성한 계약서에 문제가 없다는 것을 확인한 상준의 표정이 밝아졌다.

북경 서고에서는 규현에게 거는 기대가 컸다. 그래서 이번에 규현이 메일을 보냈을 때 북경 서고 사장은 매우 흥분해서 북경 서고의 한국인 직원 중에서 가장 유능하다고 평가받는 기획팀의 상준을 보냈다.

물론 그를 보내면서 규현과 계약할 경우 많은 혜택을 주기로 약속했다. 그래서 계약서를 확인한 상준의 입가에 미소가 번졌다.

"정규현 작가님, 앞으로 잘 부탁드립니다. 작가님의 중국 진출은 저희가 전력을 다해서 보조할 것입니다."

북경 서고와의 계약이 성사되었다.

상준의 말에 규현은 입가에 미소를 머금은 채 고개를 끄덕였다.

＊　　　　＊　　　　＊

"후아! 더워서 죽는 줄 알았네. 형, 저 왔어요."

8월이 얼마 남지 않았다.

여름의 태양은 뜨거웠고 다른 작가와 계약을 하기 위해 잠시 사무실을 나갔다가 돌아온 상현의 이마에는 땀방울이 맺혀 있었다.

그는 시원한 사무실 안으로 들어오며 살았다는 표정으로 의자에 앉았다.

"폴른 작가 사인은 받아 왔어?"

"네, 받아 왔어요. 여기 계약서입니다."

상현은 고개를 끄덕이며 가방에서 계약서를 꺼내 규현에게 건넸다.

계약서를 확인한 규현은 계약서를 보관해 두는 서랍에서 서류 파일을 꺼내 넣었다.

"특별한 일은 없었지?"

"네. 일단 문학 왕국에 연재를 시작한 지 얼마 되지 않은 데다가 반응도 별로 안 좋아서 그런지 저희가 최초로 콘택트를 넣은 것 같더군요. 그래서 무리 없이 계약할 수 있었어요."

폴른 작가의 스탯은 좀처럼 찾기 힘들다는 A급이었다. 그래서 무슨 일이 있어도 계약해야만 했다.

현재 대부분의 A급 스탯을 가지고 있는 작가들은 출판사나 매니지먼트와 계약해 작품 활동을 하는 중이었다.

폴른은 연재 기간도 짧고 성적도 좋지 않아서 다른 출판사나 매니지먼트로부터 출간 제의를 받지 않은 것 같았다.

그런 상황에서 신인들을 발굴해서 훌륭하게 가공(?)해 주는 것으로 유명한 가람에서 제의가 왔으니, 망설이지 않고 사인을 한 것이다.

"아무래도 저희의 제안을 거절하기 힘들었을 거예요. 사실상 문학 왕국은 저희가 점령하고 있잖아요?"

상현의 말에 사무실에서 열심히 일을 하고 있던 사람들이 고개를 끄덕였다.

폴른과 계약하면서 현재 가람 소속 작가는 45명이 되었는데 전원이 문학 왕국 베스트 100위 안에 이름을 올리고 있었다.

특히 가람은 기성 작가를 영입하는 것보다는 신인을 발굴해서 실력을 향상시켜 주는 것으로 유명했다. 이미 업계에서 규현의 별명은 미다스의 손이었다.

문학 왕국에서 공식적으로 조사한 바에 따르면 신인들이 가장 들어가고 싶은 매니지먼트 1위가 가람이었다.

사실 규현은 스탯을 보고 작가들을 가려서 뽑고 있었지만 다른 사람들이 보기엔 가람에 들어가기만 하면 대부분 좋은 성적을 거두니 자신이 부족해도 가람과 계약해서 규현의 지도를 받으면 성적이 좋아질 것이라는 희망을 가지게 된 것이다.

"자만은 금물이야."

규현은 상현을 차분히 지적하며 조언했다. 그의 말대로 현재 문학 왕국은 가람이 점령했다고 봐도 좋을 정도였다. 분명 틀린 말은 아니었지만 자만은 좋지 않다고 생각했다.

"넵, 죄송합니다."

상현은 볼을 긁적이며 어색하게 웃었고 규현은 의자 등받이에 몸을 기대고 스마트폰으로 현재 문학 왕국 베스트 1위를 유지하고 있는 현지의 제국 영웅기를 읽었다.

현재 문학 왕국의 1위는 현지였고 2위는 칠흑팔검이었다.

3위는 오성 북스의 기계 작가였다.

3위권에 가람 작가가 2명이나 되었다.

"오빠, 뭐 읽으세요?"

"제국 영웅기."

규현의 짧은 대답에 현지의 얼굴이 조금 붉어졌다. 그러면서 조금 긴장되는지 규현의 눈치를 살폈다.

규현이 재미없어할까 봐 걱정이 되는 것 같았다.

규현은 현지를 신경 쓰지 않고 묵묵히 소설을 읽었다. 그러다 문자메시지가 도착했다는 알림이 울렸다.

규현은 잠시 소설을 읽는 것을 멈추고 문자메시지를 확인했다.

[오빠, 지금 사무실 근처인데 내려오실 수 있으세요?]

지은이었다.

마침 여유가 있었기 때문에 규현은 언제 내려가면 되냐는 내용의 문자메시지를 그녀에게 보냈다. 이윽고 답장이 도착했다.

[5분 정도? 그쯤에 도착할 것 같아요!]

지은의 문자메시지를 확인한 규현은 곧 내려가겠다는 답장을 보낸 뒤 정확히 5분이 지나자 의자에서 일어났다.

"외출하시게요?"

"잠깐 1층에 다녀오려고."

상현의 물음에 규현은 고개를 끄덕이며 대답했다. 그러면서 문을 향해 발걸음을 옮겼다.

"잠시 1층에 갔다 올게요."

규현은 문을 열며 보고하듯 말하고는 1층으로 내려갔다.

1층에 내려간 규현은 지은의 모습을 볼 수 있었다. 그녀는 뜨거운 태양이 내리쬐는 밖에 있는 것보다는 그나마 시원한 건물 내부에서 규현을 기다리로 한 건지 승강기 앞에서 옷매무새를 점검하고 있었다. 그녀는 시원해 보이는 원피스를 입고 있었다.

"지은아."

"아, 오빠!"

계단 쪽에서 반가운 목소리가 들리자 지은은 환한 얼굴로 몸을 돌렸다.

그곳에 규현이 있었다.

그는 계단에서 내려오고 있었다.

"그런데 갑자기 어쩐 일이야? 회사에 있을 시간 아니야?"

규현의 말대로 지금 그녀는 평소라면 회사에 있을 시간이었다.

근처에 외근을 나왔다가 들른 것일 수도 있겠지만, 그녀의 옷차림은 회사와는 어울리지 않는 것 같았다.

"저 오늘이랑 내일 휴가예요."

"그렇구나."

지은의 말에 규현은 고개를 끄덕였다.

"그나저나 오늘은 무슨 일이야?"

"피이, 오빠는 제가 반갑지도 않으세요?"

어쩐 일이냐고 묻는 규현의 말에 지은은 입술을 삐죽 내밀고 불평했다.

그런 그녀의 모습에 규현은 살짝 당황했다.

"당연히 반갑지. 지은이는 언제든지 환영이야."

규현의 말에 지은의 입가에 미소가 번졌다.

"농담이에요. 사실은 물어볼 게 있어서 근처에 온 김에 들렀어요."

"그래?"

"네. 잠시만요."

지은은 자신의 손가방에서 영화표로 보이는 것을 2개 꺼냈다. 그리고 규현의 눈앞으로 가져갔다.

자연스럽게 표에 적혀 있는 것을 읽을 수 있었다. 그리고 영화표가 아니라 연극표라는 것을 알게 되었다.

"'네가 없는 여름'?"

규현은 표에 적혀 있는 연극 제목을 소리 내서 읽었다. 지은은 힘차게 고개를 끄덕이며 붉은 입술을 열었다.

"요즘 인기 있는 연극이라고 하더라구요."

"표는 어디서 났고?"

"소극장에서 일하는 친구가 남는 표를 2장 줘서 받았는데, 같이 보러 갈 사람이 없어요. 꼭 보고 싶은데 혼자 가기에는 너무 쓸쓸해 보여서 싫어요."

"친구들은?"

지은의 말에 규현이 물었다.

그녀는 성격이 좋은 편이었고 친구도 많은 것으로 알고 있었다.

아마 연극을 같이 보러 갈 친구가 몇 명은 있을 것이다.

"'우연'인지는 모르겠는데, 모두 내일은 시간이 안 된다고 하네요. 그래서 말인데요. 오빠, 내일 같이 연극 보러 갈 수 있어요?"

지은이 조심스럽게 규현에게 물었다. 용기를 내서 말하기는 했지만 혹시라도 규현이 거절할까 싶어서 그녀는 조마조마했다.

"나도 특별히 바쁘지는 않으니 괜찮을 것 같은데? 연극도 재밌어 보이고 말이야."

규현은 흔쾌히 제안을 받아들였다.

최근 바빠서 문화생활을 하지 않은 것 같기도 했고 마침 여유도 있었다.

규현이 긍정적인 태도를 보이자 지은은 안도했다.

가슴이 벅차오르는 듯한 기분에 그녀는 눈이 부실 정도로 밝은 미소를 입가에 머금고 규현을 보았다. 그 모습은 너무나 예뻤다.

"그럼 약속하신 거예요?"

"그래, 그럼 언제 만날래?"

"오빠, 사무실에 출근하셔야 하니까 제가 점심시간 정도 되면 사무실로 올게요. 열심히 글 쓰시고 계시다가 제가 연락드리면 내려와 주세요. 헤헤."

규현은 고개를 끄덕였다. 두 사람은 몇 마디 대화를 더 나눈 후 헤어졌다.

규현은 그녀에게 사무실에 올라와서 조금 더 놀다가 갈 것을 제안했지만 지은은 글 쓰는 사람들에게 방해가 될 것 같다면서 서둘러 발걸음을 재촉했다.

그녀는 사무실에 도시락을 들고 찾아와 사무실 사람들의 배고픔을 해결해 준 적이 있었기 때문에 환영받을 게 분명했지만 아무래도 열심히 일하고 있는 사람들에게 방해가 될지도 모른다고 생각한 것 같았다.

"금방 오셨네요?"

사무실로 돌아가자 열심히 노트북 키보드를 두드리고 있던 상현이 말했다.

간단하게 대화만 나누고 왔으니 빨리 돌아올 수밖에 없었다. 규현은 사람들의 인사에 일일이 답한 뒤 자리로 돌아가 앉아 메일을 확인하기 위해 노트북을 열었다. 메일이 왔다고 스마트폰 어플이 알렸기 때문이었다. 금방 올 것을 예상하고 노트북을 끄지 않았기 때문에 바로 메일함을 열 수 있었다.

교토 북스에서 메일이 한 통 와 있었다.

규현은 마우스를 움직여 메일을 열었다.

평소처럼 내용은 한국어로 되어 있었고 파일이 첨부되어 있었다.

첨부 파일은 2개였다.

각각 한국어 버전과 일본어 원본이라고 적혀 있었다. 규현은 먼저 한국어 버전을 열어보았다.

일본에 출간된 기사 이야기 매출 통계였다.

첨부 파일을 대충 확인한 규현의 시선이 메일 내용으로 향했다.

[안녕하세요, 교토 북스입니다. 정규현 작가님, 그동안 별일 없으셨는지요? 이렇게 메일을 보내는 이유는 다름이 아니라 기사 이야기 누적 판매 부수가 40만 부를 돌파한 것을 기념하여 이 기쁜 소식을 작가님에게 알리는 김에 계약서 조항 이행을 위한 매출 통계를 전하기 위해서입니다. 기사 이야기는 순항 중입니다. 또한 과도한 악플을 달던 네티즌들은 이미 고소 조치가 끝난 상황입니다. 날씨가 꽤 덥습니다. 건강에 신경 써주시길 바라며 다음에 또 뵙겠습니다.]

현재 기사 이야기 단행본은 일본에서 3권까지 출간되었다.

7월 초에 3권이 출간되었고 7월 말이 다가오는 현재 누적 판매 부수가 40만 부 정도로 집계되고 있었다.

이것은 한 권에 10만 부 이상이 팔렸다는 것을 의미했다. 교토 북스에서 보내준 통계를 확인해 본 결과 판매량은 꾸준히 상승하고 있었다.

교토 북스에서는 판매량의 상승세가 멈추지 않는다면 12월 중순에서 말쯤에 100만 부를 돌파할 것이라고 예상하고 있었다.

기사 이야기 1권 출간 후, 약 7개월 만에 100만 부 돌파. 불가능해 보이지만 사실 불가능한 것은 아니었다.

일본에서 출간된 라이트노벨 중에선 반년 만에 100만 부 판매의 기록을 세운 작품도 몇 개 있었다.

다만 규현이 7개월 만에 100만 부 판매를 달성한다면 일본에 진출한 한국인 작가 중에서는 최초가 될 것이다.

*   *   *

[오빠, 저 금진 빌딩 1층이에요.]

지은으로부터 문자메시지가 도착했다.

기사 이야기 개정판 원고 작업을 하고 있던 규현은 그녀가 보낸 문자메시지를 확인하기 무섭게 노트북을 끄고 가방에 넣었다.

현지는 외출 준비를 서두르는 규현을 복잡한 시선으로 바라보았다.

여름이라서 외투를 입는 것도 아니었기에 가방만 챙겼다. 그래서 외출 준비는 금방 끝났다.

'조금 불편한 것 같은데 두고 갈까?'

시간이 남을 때 글을 쓰기 위해서 노트북을 챙겨 가려고 했지만 막상 들고 가려고 하니 불편했다.

게다가 놀기로 약속했는데 글에 집중하고 있으면 지은에게 실례가 될 것 같기도 했다.

결국 규현은 나중에 일정이 끝나면 사무실에 들르기로 하고 가방을 자신의 책상 위에 올려두었다. 그리고 사무실을 나섰다.

"오빠!"

계단을 통해 1층으로 내려가기 무섭게 지은의 목소리가 규현을 반겼다.

목소리가 들리는 방향으로 고개를 돌리니 그곳에 지은이 있었다.

그녀는 스트라이프 블라우스와 핫팬츠를 입고 있었는데 다리가 길어 보이도록 핫팬츠를 살짝 올려 입고 허리띠로 포인트를 주었다.

평소에 비해 신경도 많이 썼을 뿐만 아니라 전엔 보지 못한 파격적인 패션이었다.

"평소와는 조금 다르네?"

"오늘 신경 좀 썼어요, 헤헤."

규현의 말에 지은은 환한 미소를 보이며 대답했다.

그녀는 원래 핫팬츠를 잘 입는 편이 아니었지만 오늘은 규현에게 자신의 여성적인 면을 어필하기 위해 큰 결심을 하고 입었다.

"안경도 바꿨네?"

패션에 비하면 미묘한 변화였기 때문에 눈치채지 못할 뻔했다. 하지만 우연히 그녀의 안경에 시선이 갔을 때 전과는 달라진 점을 느끼고 자세히 보니 어제 꼈던 것과는 비슷하면서도 달랐다.

"우와, 감동이에요."

지은은 정말 감동한 표정이었다. 어제 썼던 안경테와 비슷했기 때문에 규현이 알아차리지 못할 것이라고 생각했었다. 심지어 운전기사인 정재도 눈치채지 못했다.

"그냥 어쩌다 보니 알게 되었어. 일단 주차장으로 가자. 덥다."

"네, 오빠."

무더운 한여름 날씨에 규현은 에어컨 바람을 쐬고 싶었다.

지은도 동의했는지 고개를 끄덕였다.

두 사람은 서둘러 주차장으로 향했다. 규현이 주차되어 있는 차 문을 열고 운전석에 탑승하자 지은도 조수석에 탑승했다.

"덥지? 에어컨 켜줄게."

규현의 말에 지은이 대답 대신 고개를 끄덕였고 규현은 에어컨을 켰다.

시원한 바람이 흘러나와 뜨거운 차 안을 차갑게 식혀주었다.

"위치가 어디쯤이었지?"

"대학로예요. 제가 안내해 드릴게요."

주차장에서 규현과 지은을 태운 차량이 출발했다.

지은은 내비게이션처럼 길 안내를 시작했다.

철저하게 조사해 온 듯 지은의 길 안내는 정확했다. 그래서 그녀가 지름길로 안내해 준 덕분에 금방 도착할 수 있었다. 소극장 근처 주차장에 차를 주차한 규현은 운전석에서 내리며 지은을 보았다.

"지은아, 연극 시작까지 시간이 많이 남았는데, 점심이나 먹을까?"

"네! 마침 이 근처에 괜찮은 파스타 전문점을 하나 알고 있어요."

지은이 대답했다.

그녀는 오늘 규현과 시간을 보내는 게 데이트라고 생각하고 있었다. 그래서 작정하고 데이트 코스를 검색해 온 상태였다.

지금 그녀가 말하는 파스타 전문점도 근처에서 평이 좋은 곳이었다.

"그래, 그럼 그곳으로 가자."

규현은 흔쾌히 고개를 끄덕였고 지은은 그를 인터넷으로 조사한 파스타 전문점으로 안내했다.

이미 현장 답사(?)까지 끝마친 상태였기 때문에 어렵지 않게 길을 찾을 수 있었다.

"예약석밖에 없는 것 같은데?"

예약석을 제외하면 빈자리는 없었다. 규현은 조금 실망한 표정이었지만 정작 그를 이곳으로 데리고 온 지은은 아무렇지도 않은 표정이었다. 그녀는 입가에 가벼운 미소를 머금은 채 입을 열었다.

"걱정 마세요, 오빠. 제가 어제 예약해 두었어요."

지은의 말에 규현은 조금 감탄했다.

지은은 언제나 준비성이 철저했다. 남을 배려하는 성격으로 보아 내조도 잘할 것 같은 전형적인 현모양처 스타일이었다.

규현이 그런 생각을 하고 있는 걸 아는지, 모르는지 지은은 예약 확인을 위해 다가온 종업원에게 이름과 전화번호를 알려 주었다.

"네, 확인했습니다. 저를 따라오시면 됩니다."

젊은 종업원이 앞서 나가자 규현과 지은이 뒤따랐다.

종업원은 두 사람을 창가의 4인용 테이블로 안내했다.

두 명이었지만 2인용 테이블보다는 넓은 4인용 테이블이 좋다고 생각하고 있었기 때문에 규현은 만족스러운 얼굴로 의자에 앉았다.

그의 앞에 지은이 앉았다.

종업원은 메뉴판을 올려놓은 뒤, 다른 일을 하기 위해 자리를 비웠다.

지은은 인터넷 조사와 직접 먹어본 경험을 더해서 가장 괜찮은 메뉴 몇 가지를 검지로 가리키며 규현에게 추천했다.

규현이 메뉴를 고르자 그녀는 벨을 눌러 종업원을 호출했다.

"주문하시겠습니까?"

근처에 있던 종업원이 테이블로 다가와 주문 여부를 묻자 지은은 두 종류의 파스타를 주문했다.

주문을 접수한 종업원이 주방에 주문 내용을 전달했고 얼마 지나지 않아서 주문한 요리가 나왔다.

두 사람은 가벼운 대화를 나누며 즐겁게 식사를 했다.

"오빠, 잠깐만요."

식사가 끝나고, 계산대에 선 규현이 현금을 꺼내 계산하려고 하자 지은이 말렸다.

"왜 그래?"

"제가 오빠를 불렀잖아요. 그러니까 더치페이해요."

지은은 그렇게 말하며 자신이 먹은 파스타의 가격만큼 현금을 꺼내 규현에게 건넸다.

"그러면 그렇게 할게."

규현은 웬만하면 자신이 다 내려고 했지만 이런 쪽에서는 지은의 고집이 은근히 세다는 것을 잘 알고 있기에 그냥 그녀의 돈을 받기로 했다.

과거에 만났던 다른 여자들 때문에 자연스럽게 남자가 내야 한다는 생각을 가졌던 규현이었지만 지은과 함께 다니는 일이 많아지면서 더치페이에 대해 상당히 익숙해져 있었다.

생각보다 식사가 일찍 끝나 시간이 꽤 남았다.

남은 시간을 보내기 위해 규현은 지은의 추천을 받아 '방탈출 카페'로 향했다.

정해진 시간 안에 지정된 미션을 수행하여 방에서 탈출하는 게임을 즐길 수 있는 카페였다. 이곳 역시 지은이 예약해 둔 상태였다.

방 탈출 게임은 온라인에서 해본 적이 있었지만 실제로 해보는 것은 처음이었기 때문에 제법 재밌었다.

지은의 활약 덕분에 생각보다 일찍 탈출에 성공한 두 사람은 근처 카페에서 시간을 보낸 뒤, 소극장으로 발걸음을 옮겼다.

그리고 '네가 없는 여름'을 감상했다.

'네가 없는 여름'은 잔잔하면서도 상당히 슬펐다. 100분 정도 이야기가 진행되고 클라이맥스에 다다르자 감정은 극에 치달았고 연극이 끝날 때가 되자 지은은 눈물을 훌쩍였다.

소극장을 나오는 그녀의 눈동자는 붉어져 있었고 눈가에 물기가 맺혀 있었다.

규현도 슬프긴 했지만 눈물이 나올 정도는 아니었다. 아무래도 지은은 감성이 풍부한 것 같았다.

"오빠, 오늘 저와 함께해 주셔서 정말 감사했어요."

"나도 재밌었어."

지은의 말에 규현은 입가에 미소를 머금었다.

억지로 끌려온 것도 아니었기에 오늘 하루, 규현도 즐거웠다.

처음 본 연극도 정말 재밌었고 방 탈출 카페도 색다른 경험이었다.

즐거운 하루를 보낸 듯한 규현의 모습에 지은은 환한 미소를 지었다.

그가 오늘 하루를 즐겁게 보낸 것 같으니, 자신도 만족스러웠다.

"집까지 데려다줄까?"

늦은 시간은 아니었지만 보통 이런 경우엔 남자가 여자를 집까지 바래다주는 경우가 많다고 들었다.

그래서 그녀의 의향을 물었지만 지은은 고개를 저었다.

"지하철역이 근처예요. 혼자 가도 될 것 같아요."

지은은 아직 규현에게 자신의 모든 것을 밝힐 준비가 되어 있지 않았다.

자신이 대한그룹 회장의 딸이라는 사실을 알게 되면 규현의 태도가 어떻게 변할까?

생각만 해도 아찔했다.

재벌 3세와의 연애는 누구나 꿈꾸는 것이다.

하지만 현실은 그렇게 만만치 않다는 것을 사람들은 알고 있었다.

재벌 3세와 연애를 하는 사람에게 돈 봉투를 던지며 꺼지라고 하는 경우는 드라마에서만 있는 게 아니었다.

아마 그녀가 대한그룹의 일원이라는 것을 알게 되면 부담감

에 거리를 벌릴지도 모른다고 생각했다. 그것이 그녀는 두려
웠다.

"그래, 조심해서 들어가."

늦은 시간도 아니었기 때문에 규현은 그녀를 흔쾌히 보내
주었다.

다만 규현은 그녀가 지하철역에 들어가는 모습을 끝까지
지켜보았다. 덕분에 그녀는 규현이 갈 때까지 기다렸다가 정
재를 불러야만 했다.

지은을 보내고 규현은 사무실로 돌아갔다. 아직 퇴근 시간
까지는 시간이 조금 남아 있었기 때문에 사무실에서 원고 작
업이나 할 생각이었다.

"데이트는 어떠셨어요?"

사무실 문을 열고 들어가자 지석이 조금 들뜬 얼굴로 물었
다.

가만히 앉아서 노트북 키보드를 두드리고 있던 현지의 표
정이 일순간 어두워졌다.

그 모습을 보지 못한 규현은 자신의 자리로 발걸음을 옮기
며 입을 열었다.

"그런 거 아니에요. 그냥 아는 동생이랑 바람이나 쐬고 온
겁니다."

"그러시군요, 후훗."

규현의 말에 지석은 의미심장한 표정으로 웃었다.

그러거나 말거나 규현은 노트북을 열고 기사 이야기 개정판 원고 작업에 몰두했다.

한창 집중해서 노트북 키보드를 두드리고 있을 때였다. 스마트폰에서 알림음이 울렸다.

확인해 보니 중요 메일이 도착했다는 알림이었다.

규현은 중요 메일이 도착할 때마다 메일을 빨리 확인하기 위해 스마트폰에서 알려주는 어플을 설치해 두었다.

그는 잠시 기사 이야기 개정판 원고 작업을 멈추고 나이버에 들어가 메일을 확인했다.

[안녕하세요, 작가님. 중화 북스입니다.]

중화 북스에서 보낸 메일이라는 것을 확인한 규현은 눈살을 찌푸렸다.

'이놈들은 메일을 보낸 지가 언젠데 이제야 답장이 와?'

중화 북스에 메일을 보내고 기다렸던 시간이 생각이 났다. 하지만 규현은 이해했다.

중화 북스 정도 되는 출판사면 하루에도 많은 수의 원고가 투고될 것이다. 그러니 원고 몇 개가 누락되어도 이상하지 않았다.

실제로 규현이 보낸 원고도 한동안 읽지 않음 표시가 되어 있었다.

지금 확인해 보니, 뒤늦게 밀린 원고들을 점검하면서 규현이 보낸 원고를 확인하고 부랴부랴 답장을 보낸 것 같았다.

"일단 읽어볼까?"

읽는 데 시간이 많이 걸리는 것도 아니었고 일단 그쪽에서 메일을 보내준 정성도 있었기 때문에 규현은 일단 메일을 읽어보기로 결정하고 마우스를 움직였다.

메일을 열어 읽어본 규현은 깜짝 놀랐다. 규현이 뭐라 답장을 보내지도 않았는데, 벌써 한국인 기획팀장이 한국에 도착했다는 내용과 함께 그의 전화번호가 적혀 있었다.

뭐라 답장을 보내지도 않았는데, 한국으로 기획팀장을 보냈다는 사실에 규현은 혀를 내둘렀다.

좋게 말하면 실행이 빨랐고, 안 좋게 말하면 막무가내였다. 아마도 그들은 한국까지 직원을 보냈으니 흔쾌히 만나줄 것이라고 생각한 것 같았다.

'너무 막무가내인 것 같은데……'

유감스럽게도 그 메일을 본 규현은 만나줄 생각이 사라졌다.

게다가 이미 그는 북경 서고와 계약을 한 상태였기 때문에 중국의 다른 출판사와 만날 이유가 없었다. 그래도 한국까지

와주었으니 답장하지 않는 것은 매너가 아니라고 생각한 그는 미안하지만 계약할 의향이 없다는 장문의 메일을 써서 답장을 보냈다.

중화 북스에 메일을 보낸 뒤, 며칠이 지났지만 답장이 없었다. 결국 규현은 중화 북스에 대한 것을 기억 너머로 날려 버렸다.

"그럼 그렇게 진행할게요."

상현이 서류를 정리하며 의자에서 일어났다.

규현과 상현, 그리고 가람 직원들은 가람 작가들의 전자책 출간 순서에 대해 논의하고 있었다.

각 전자책 판매 사이트의 메인에 올려줄 수 있는 작품의 수는 한계가 있었기 때문에 한 번에 여러 작품을 내놓는 것보다는 시간 간격을 두고 차례차례 내보내는 게 훨씬 효율적이었다.

"그럼 오늘 회의는 이 정도로 하죠. 다들 퇴근하셔도 좋습니다."

보통 오전에 회의를 하는 회사가 많았지만 가람은 오후 늦은 시간에 오늘 있었던 일을 보고하면서 회의를 진행한다. 그래서 회의가 끝날 때면 퇴근 시간이었다.

규현이 회의를 끝내며 일어나자 다른 직원들도 밝은 표정으로 일어났다.

퇴근해도 좋다는 말은 모든 회사원을 웃게 만들 수 있는 마법이었다.

"후우!"

회의실에 나와 자신의 자리에 앉은 규현은 한숨을 내뱉었다.

이유는 알 수 없었지만 오늘따라 피곤했다.

일찍 퇴근하고 싶은 날이었다. 편집자인 석규와 일도는 벌써 퇴근하고 없었다.

퇴근 속도 하나만큼은 타의 추종을 불허했다.

다른 작가들도 하나둘씩 퇴근을 시작했고 마침내 사무실에는 규현과 상현, 그리고 칠흑팔검만 남았다.

칠흑팔검은 평소 늦게 퇴근했고 상현은 북페이지에 보내야할 메일을 작성해야 했기 때문에 남아 있었다.

규현도 빨리 퇴근하고 싶었지만 다른 작가들의 스토리 교정이 남아 있었기 때문에 쉽게 일어나지 못했다.

"실례합니다."

잠시 쉴 겸 탕비실에 가서 시원한 캔 커피를 꺼내 자리로 돌아왔을 때, 사무실 문이 열리며 190㎝에 가까워 보이는 키에 순한 인상의 남자가 조심스럽게 안으로 들어왔다.

"무슨 일로 오셨죠?"

"저는 이런 사람입니다."

남자는 상현에게 명함을 주었다. 명함을 한번 읽어본 상현은 규현에게 달려와 그 명함을 건넸다. 명함은 중국어로 적혀 있었지만 뒷면은 영어로 되어 있어서 읽을 수 있었다.

"중화 북스 기획팀장 박진성……?"

규현은 명함을 소리 내어 읽었다. 입구에 서 있던 거구의 남자는 고개를 끄덕이며 입을 열었다.

"네, 정식으로 인사드리겠습니다. 중화 북스 기획팀장 박진성이라고 합니다. 가람 블로그에서 작가님의 전화번호를 찾아서 문자메시지를 보냈는데, 답장이 없으시더군요. 그래서 실례를 무릅쓰고 이렇게 찾아왔습니다."

진성의 말에 규현은 스마트폰을 확인해 보았다.

스마트폰은 꺼져 있었다. 전원 버튼을 눌러 켜보려고 했지만 반응이 없었다. 배터리가 방전된 것 같았다.

"배터리가 방전되어 있네요."

"사정이 있으셨군요. 들어가도 되겠습니까?"

"뭐, 이미 들어오셨지만 일단은 들어오시죠."

"감사합니다."

규현의 말에 진성은 고개를 살짝 숙이며 안으로 들어왔다.

응접실이 따로 없는 관계로 규현은 그를 회의실로 안내했다.

딱히 중화 북스와 계약할 생각은 없었지만 일단 중국에서 한국까지 찾아왔으니, 이야기 정도는 들어주는 게 예의라고 생각했다.

"저 중국 진출은 다른 곳과 하기로 했습니다. 이미 계약했어요."

규현은 의자에 앉기 무섭게 선언하듯 말했다.

이야기할 게 없다고 돌려 말했지만 진성은 일어나지 않았다. 그는 입가에 미소를 머금은 채 입을 열었다.

"알고 있습니다."

"당연히… 네……?"

"알고 있다고 했습니다."

수많은 장르 출판사가 있는 중국에서 손에 꼽히는 위치에 군림하고 있는 중화 북스의 정보력은 다른 출판사와 비교해서 꿀리지 않았다.

규현이 이미 북경 서고와 계약했다는 사실은 전해 들은 뒤였다.

그럼에도 불구하고 기획팀장 박진성을 한국으로 보내 규현과 접촉하게 한 이유는 무슨 수를 쓰더라도 기사 이야기를 중화 북스에서 출간시키겠다는 굳은 의지가 깃들어 있었다.

중국 출판계는 규현과 기사 이야기에 주목하고 있었다.

기사 이야기는 일본에 진출했을 뿐만 아니라, 게임으로도 만들어져서 해외에 수출되어 큰 인기를 누리고 있었다.

이것으로 규현의 가치를 증명하기엔 충분했고 중국 출판계에서는 규현을 흥행 보증수표라고 생각하고 있었다.

그래서 그와 계약을 맺기 위해서 많은 출판사가 움직이고 있었다.

그러던 중에 북경 서고가 규현의 선택을 받았고, 마침 준비하고 있었던 그들은 바로 일을 마무리하고 규현과 계약한 것이었다.

"그러면 이야기가 빠르겠네요. 중국에서 한국까지 오시느라 고생하셨을 텐데, 죄송하지만 저는 더 이상 할 말이 없습니다. 해약하지 않는 이상, 중국의 다른 출판사와 계약할 수 없습니다."

규현은 정중하게 말했지만 진성은 의자에서 일어나지 않고 대신 그를 보며 입을 열었다.

"그럼 해약하시면 되지 않습니까?"

"아니, 무슨 말씀이십니까? 제가 일방적으로 해약하면 위약금을 물어야 한다는 것을 잘 아시지 않습니까?"

규현은 눈살을 찌푸렸고 언성이 조금 높아졌다.

한쪽에서 일방적으로 계약을 파기할 경우, 최소 계약금의 3배에서 최대 5배 정도의 위약금을 내야만 했다.

게다가 규현이 받은 계약금은 3억 원이었다.

계약서를 다시 확인해야 하겠지만 최악의 경우 15억 원을 위약금으로 내야 할 수도 있었다.

"위약금은 저희 쪽에서 부담하겠습니다. 그리고 계약금이 아마 2억에서 4억 정도로 예상되는데, 저희와 계약하시면 북경 서고에서 준 계약금의 2배를 드리죠."

진성의 제안에 규현의 눈동자가 살짝 흔들렸다.

하지만 그는 곧 고개를 저었다.

달콤한 유혹이었지만 이미 기사 이야기는 계약이 되어 있는 상태였다.

여기서 아무런 이유 없이 계약을 파기하고 중화 북스와 계약을 하는 것은 양심을 팔아먹는 행동이었고, 무엇보다 규현의 신뢰가 하락하고 좋지 않은 소문이 퍼질 확률이 높았다.

"죄송하지만 그 제안은 받아들이기 힘들 것 같습니다. 위약금을 대신 내주신다고 해도 계약을 파기하는 것은 조금 아니라고 생각합니다."

규현의 말에 진성의 표정이 변했다. 순해 보이던 인상이었는데, 표정을 바꾸자 날카로운 분위기를 풍겼다.

"그러면 대화 주제를 조금 바꿔보도록 하겠습니다."

"무슨 말씀이죠?"

급변한 분위기에도 불구하고 규현은 조금도 당황하지 않았다. 두 눈을 날카롭게 빛내며 진성을 보았다. 진성의 입꼬리가 올라간다.

"황야의 강이라는 작품을 아십니까?"

진성의 물음에 규현은 대답 대신 고개를 끄덕였다.

흑철룡이라는 필명을 쓰는 작가를 중국 장르 문학계의 정상에 오를 수 있도록 해주고 지금의 중화 북스를 만들어준 작품이었다.

중국에서는 아주 유명해서 어린아이도 알 정도라고 한다. 지금 황야의 강은 완결되었고 흑철룡은 다른 작품을 쓰고 있지 않았다.

"역시 알고 계셨군요. 그럼 황야의 강을 쓰신 흑철룡 작가님이 저희 출판사와 일하고 있다는 것도 아시겠군요."

"하고 싶은 말이 뭡니까?"

규현은 두 눈을 가늘게 뜨고 진성을 노려보았다.

그의 입에서 좋은 이야기가 나올 것 같지는 않았다.

회의실 안의 공기는 차갑게 얼었고 날카로운 눈빛이 오고 갔다.

조금 전의 화기애애하던 분위기는 사라졌다.

"이번에 흑철룡 작가님께서 신작 원고를 저희에게 주셨습니다. 교정 작업은 끝났고 언제든지 출판되기만을 기다리고 있습니다. 그럴 일은 없겠지만 기사 이야기와 출간 시기가 겹치면 한쪽은 여러 가지 면에서 피해를 보게 될 겁니다."

보통 영화를 예로 들어도 2개의 대작이 동시에 개봉하면 한쪽이 크든 작든 피해를 보게 마련이다. 그것은 장르 문학계 또한 마찬가지였다.

"지금 저를 협박하는 겁니까?"

규현이 눈살을 찌푸렸다.

이건 명백한 협박이었다. 자기들과 함께하지 않겠다면 견제를 하겠다는 말이었다.

"협박이 아닙니다. 다만 저희와 함께하신다면 정규현 작가님과 흑철룡 작가님의 출간 일정을 조절할 수 있다는 말입니다."

"마음대로 하세요."

"네?"

진성은 규현이 당연히 고개를 숙이고 들어올 것이라고 생각했다. 그래서 그는 규현의 반응에 당황할 수밖에 없었다. 그는 의자에서 일어나며 회의실 문을 열었다.

"이만 나가보시죠."

"지금 작가님의 행동이 어떤 결과를 낳게 될지 알고 계시는 겁니까?"

진성은 회의실을 나서며 작은 목소리로 말했다. 규현은 입꼬리를 끌어 올리며 입을 열었다.

"출간 일정이 겹친다면 분명 한쪽이 손해를 보겠죠. 그런

일이 없으면 좋겠지만 혹시라도 그런 일이 생긴다면 저는 분명히 말할 수 있습니다."

규현은 잠시 말을 멈추었다.

그는 회의실 문을 닫고 나오며 말을 이어나가기 위해 다시 입을 열었다.

"손해를 보는 쪽은 결코 제가 아닐 겁니다. 현명하게 판단하시는 게 좋을 겁니다."

그의 경고에 진성의 눈동자가 흔들렸다.

"오늘은 이만 가보겠습니다. 한동안은 한국에 있을 생각이니, 생각이 바뀌면 연락주세요."

그 말을 끝으로 진성은 사무실을 떠났다. 열심히 노트북 키보드를 두드리며 글을 쓰고 있던 칠흑팔검이 일어나 규현의 옆으로 다가왔다.

"무슨 일이죠? 표정이 좋지 않습니다."

"중화 북스에서 귀엽게 노네요. 그래서 한마디 해줬습니다."

규현은 그렇게 대답하며 자리로 돌아갔다. 닫힌 문을 보며 불안하게 서성이고 있는 상현을 향해 입을 열었다.

"상현아, 북경 서고 전화번호 저장해 두었지?"

"네, 잠시만요."

상현은 서류를 보관하는 서랍에서 북경 서고 판무기획팀

유상준 대리의 명함을 꺼내 규현에게 건넸다.

규현은 명함에 적혀 있는 전화번호를 확인하고 스마트폰에 국제 번호와 함께 입력했다. 국제전화로 중화 북스의 움직임에 대해 알리려는 것이었다.

메일로 보내도 되지만 빨리 알릴수록 좋다고 판단했기 때문에 그는 국제전화를 걸었다.

─작가님, 안녕하세요. 북경 서고 판무기획팀 유상준입니다.

규현의 번호를 확인한 상준은 중국어가 아닌 한국어로 말했다. 규현은 의자에 앉아 등받이에 몸을 기댄 채 입을 열었다.

"중화 북스에서 한국으로 직원을 보냈습니다."

─자세히 설명해 주시겠어요?

상준의 목소리가 심각해졌다. 규현은 상준의 요구대로 자세한 상황을 설명해 주었다.

─그게 정말입니까?

규현에게서 전후 사정을 전해 들은 상준은 믿을 수 없다는 목소리로 말했다. 설마 중화 북스에서 이런 강수를 둘 줄은 몰랐던 것이다.

"일단 저는 거절했습니다. 그런데 저쪽에서 가만히 있지는 않을 것 같네요. 당연히 북경 서고에서도 대비책은 있겠죠?"

─무, 물론입니다.

상준은 말을 더듬었다. 규현은 속으로 한숨을 내쉬었다. 대비책이 전혀 없는 것 같았다.

─제가 팀장님께 보고를 해서 출간 시기를 늦춰보도록 하겠습니다.

"아뇨. 그건 소용이 없을 것 같네요. 아마 중화 북스에서는 기사 이야기가 출간되는 즉시 흑철룡 작가의 신작을 출간하겠죠. 언제가 되었든, 중화 북스에선 기다릴 겁니다."

─아, 그러면 큰일인데.

상준은 조금 당황한 것 같았다. 예상치 못한 상황에 그는 냉정을 유지하지 못했다.

"걱정하지 마세요. 제게 방법이 있으니까요."

─방법이요?

"네. 지금 번역이 얼마나 진행되었죠?"

─그렇게 많이 진행되지는 않았습니다.

상준의 말에 규현은 안도했다.

다행히 번역은 많이 진행되지 않은 것 같았다. 그러면 북경서고가 입을 피해도 적었다.

"그거 엎으세요. 제가 기사 이야기 개정판 원고를 드리겠습니다."

기존에 주었던 원고는 개정판 원고가 아니었다.

일본에서 출간된 기사 이야기와 같은 원고였다. 흑철룡 작가는 S급 작가였다.

S급 작가를 잡기 위해선 S급 작품을 던질 필요가 있다고 생각했다.

35장

전면전

다음 날, 규현이 가장 먼저 한 일은 파란책에 기사 이야기 개정판 원고를 활용하겠다고 전달하는 일이었다. 2차적 사용이나 해외 출간 같은 경우엔 작가가 독자적인 힘으로 계약을 진행할 경우, 수익 정산 때 유리하지만, 출판권을 가지고 있는 출판사나 매니지먼트에 원고 사용을 전달할 필요는 있었다.

—아무런 문제가 없습니다. 작가님께서 독자적인 루트를 개척하신 거니까, 지분을 많이 요구하지 않겠습니다. 10% 정도면 충분합니다. 기사 이야기가 유명해지면 궁극적으로 저희에게도 이득이니까요.

규현과의 전화 통화에서 규태는 그렇게 말했다. 충분히 태클을 걸 수도 있지만 파란책에선 그러지 않았다. 당장 눈앞의 이익에 눈이 멀어서 황금 알을 낳는 거위 배를 가르는 대신 규현과의 우호적인 관계를 구축하기로 선택한 것이다.

　물론 이익을 완전히 포기하진 않았고 조심스럽게 10%를 요구했다. 거절해도 문제가 없겠지만 규현은 파란책과 계속 일하기를 원했기 때문에 원만하게 해결하기를 바랐고 10% 정도는 줘도 상관없다고 생각해서 흔쾌히 고개를 끄덕였다.

　"감사합니다."

　전화 통화가 끝나고 규현은 즉시 북경 서고에 기사 이야기 개정판 1권 원고를 보냈다. 규현에게서 기사 이야기 개정판 원고를 전달받은 북경 서고는 번역가들을 대거 동원해서 번역에 힘썼다. 북경 서고에서 기사 이야기 개정판 1권 번역을 시작했다는 정보는 곧 중화 북스에 전달되었다. 중화 북스는 기사 이야기 정식 중국어판이 출간될 날짜가 얼마 남지 않았다고 예상하고 본격적으로 움직이기 시작했다.

　(흑철룡 작가의 신작! 제네시온 영웅전이 그 날개를 펼칠 준비를 하다!)

　중국은 인구가 많은 만큼 장르 문학 시장도 한국에 비해 거대했다. 그래서 장르 문학 전문 잡지와 신문사도 많았다. 중화 북스는 그런 곳들에 흑철룡 작가의 신작 정보를 의도적으로 흘렸다. 최근 쓸 만한 기삿거리가 없던 잡지와 신문사들은 중국이 탄생시킨 뛰어난 작가 흑철룡의 신작에 대한 기사를 마구 쏟아냈다.

[Horde930: 믿고 보는 흑철룡 작가님, 이번에도 믿고 보겠습니다.]

[alliance77: 정말 반가운 신작 소식입니다. 올해도 즐겁게 보낼 수 있을 것 같네요.]

흑철룡 작가가 신작을 낸다는 소식은 금세 퍼졌고 중국의 장르 문학 독자들은 열광했다. 그들에게 있어서 흑철룡 작가는 전설이나 다름없었다. 전설의 귀환을 반기지 않는 사람은 없었다. 중화 북스는 여기서 멈추지 않고 마치 쐐기를 박듯이 한정판을 기획해서 사전 예약을 받으며 추가 마케팅을 이어갔다. 당연한 이야기지만 한정판 예약판매는 1시간도 되지 않아서 품절되었다.

"상황이 대충 그렇게 돌아가고 있다는 말씀이시죠?"

―일단은 그렇습니다.

상준이 힘없는 목소리로 대답했다. 규현이 입을 열었다.

"그럼 저희도 홍보를 하는 방법이 있지 않습니까?"

―하지만 저희 마케팅 능력은 중화 북스에 비해 부족하기도 하고 무엇보다 그쪽에서 먼저 시작하다 보니 저희가 불리합니다.

"제게 좋은 방법이 있습니다. 며칠만 시간을 주시면 괜찮은 대책을 확보할 수 있을 것 같네요."

―작가님, 정말이십니까?

"네, 저를 믿고 기다려 주세요. 3일 안에 다시 연락드리겠습니다."

―그럼 작가님만 믿고 기다리겠습니다.

"네."

규현은 대답과 함께 전화를 끊었다. 그리고 스마트폰 전화번호부를 검색해서 GE 게임즈 오경욱의 전화번호를 찾아냈다.

'중화 북스, 너희들이 그렇게 나온다면 나도 방법이 있어.'

규현은 속으로 그렇게 생각하며 경욱에게 전화를 걸었다. 통화 연결음이 들리고 얼마 지나지 않아서 경욱이 전화를 받았다.

―안녕하세요, 작가님! 그동안 잘 지내셨죠?

"지금 시간 됩니까?"

―저야 작가님을 위해서라면 언제든지 시간을 확보할 수 있

습니다. 물론 지금도 가능합니다.

규현의 물음에 경욱이 대답했다. GE 게임즈에서는 경욱에게 '나이츠'를 성공시킨 일등 공신인 규현의 사정을 최대한 봐주라는 지시를 내린 상태였다. 일단 규현과는 나이츠 PC게임화가 결정되면서 계속 작업을 해야 했기 때문이었다.

"그럼 제가 GE 게임즈 사옥으로 가겠습니다. 괜찮죠?"

—그렇게 하셔도 상관없지만 지금 제가 지금 가람 사무실 근처입니다. 제가 가람 사무실로 가는 것은 어떨까요? 10분 정도면 도착할 수 있을 것 같습니다.

"그럼 기다리고 있겠습니다."

규현은 그렇게 말하며 전화 통화를 끊으며 회의실을 나왔다. 아직 퇴근까지는 시간이 많이 남아 있었기 때문에 사무실에는 지석과 먹는 남자를 제외한 사람들 전원이 의자에 앉아서 노트북 키보드를 열심히 두드리고 있었다. 지석은 오늘 하루 사정이 있다면서 출근하지 않았고 먹는 남자는 평소보다 한참 전에 퇴근했다.

"모두 안녕하세요!"

사무실 문이 열리고 경욱이 주스를 손에 들고 들어왔다. 지친 사무실 사람들은 시원한 주스의 등장에 환호했다. 피로회복제를 늘 구비해 두긴 했지만 아무래도 자주 마셔서 질린 것 같았다.

규현은 환호하는 사람들을 보며 다양한 음료수를 탕비실에 구비해야 하나 진지하게 생각해 보았다. 주스가 담긴 박스는 그 자리에서 해체되었고 내용물은 직원 수에 맞게 분배되었다. 경욱은 이미 안면이 있는 가람 사무실 사람들과 가볍게 인사를 나눈 후 규현과의 거리를 좁혔다.

　"작가님, 오랜만입니다."

　"네, 오랜만입니다. 일단 회의실로 들어가시죠."

　규현은 회의실 문을 열며 말했다. 경욱은 고개를 살짝 끄덕이며 회의실 안으로 들어갔다. 규현이 문을 닫으며 의자에 앉자 경욱도 의자에 앉으며 입을 열었다.

　"네, 작가님. 무슨 일로 제게 전화를 주셨죠?"

　사무실 문이 열리고 상현이 커피를 가지고 왔다. 규현과 경욱의 앞에 커피를 내려놓고 나가자 규현이 입을 열었다.

　"저는 서론이 긴 것을 싫어하니까 서론을 최대한 줄이고 바로 본론으로 들어가겠습니다. 괜찮죠?"

　"시간도 아끼고 좋지요."

　규현의 말에 경욱은 고개를 끄덕였다. 규현은 커피를 한 모금 마신 뒤 테이블에 내려놓았다.

　"이번에 기사 이야기가 중국 출간 계약을 하게 되었습니다."

　"정말입니까? 축하드립니다."

　규현의 말에 경욱의 눈이 반짝였다. 나이츠의 원작 소설인

기사 이야기가 중국에도 출간된다면 추가 홍보 효과를 누릴
수 있었다.

"그런데 나이츠도 중국에서 서비스를 하고 있죠."

규현의 말에 경욱은 고개를 끄덕였다. 규현의 두 눈이 반짝
였다. 슬슬 본론으로 들어갈 때였다.

"기사 이야기와 나이츠의 성공을 위해서 프로모션을 제안
하고 싶습니다."

"정확하게 어떤 내용이죠?"

경욱이 진지한 목소리로 물었다. 기사 이야기와 나이츠의
프로모션. 연관성이 없는 것도 아니었고 해볼 만하다고 GE
게임즈의 기획팀장 오경욱은 생각했다.

"기사 이야기 초판에 나이츠의 아이템을 받거나 추첨에 참
여할 수 있는 코드를 넣어도 될 것 같고, 나이츠 플레이 유저
들을 추첨해서 기사 이야기 한정판을 주는 방법도 있을 것
같습니다."

"좋은 방법인 것 같습니다."

다행히 경욱은 긍정적인 반응을 보였다. 현재 중국인들은
나이츠를 플레이하면서 원작에 대한 기대가 하늘을 찌르고
있는 상황이었다. 이런 상황에서 규현이 말한 대로 프로모션
을 진행한다면 괜찮은 반응이 나올 수도 있을 것 같았다.

규현과 경욱은 2시간 동안이나 자세한 프로모션 방향에 대

해 논의했다. 가람 사무실 사람들이 대부분 퇴근하고 칠흑팔
검만 남은 상황에서도 회의는 끝나지 않았다. 결국 늦은 시간
이 되어서야 회의는 끝났다.

"그럼 이 내용을 사업부에 보고하겠습니다."

"부탁드립니다."

두 사람은 그렇게 말하며 회의실을 나왔다.

"끝나셨습니까?"

회의실에서 나오는 두 사람을 보며 칠흑팔검이 노트북 키
보드를 두드리는 것을 멈추고 물었다. 규현은 대답 대신 고개
를 끄덕였다. 경욱이 사무실을 나가고 얼마 지나지 않아서 규
현도 퇴근했다. 오피스텔로 돌아온 규현은 에어컨을 작동시킨
뒤 책상에 앉아 북경 서고에 보낼 메일을 작성했다.

북경 서고에 메일을 보낸 뒤, 기사 이야기 개정판 원고 작
업을 시작했다. 1시간도 지나지 않아서 북경 서고에서 답장이
도착했다는 것을 스마트폰 알림이 알려주었다. 규현은 문서
작성 프로그램을 최소화시키고 나이버 메일함을 클릭했다.

[정규현 작가님, 저희 사장님도 긍정적인 반응을 보여주셨습
니다. 그리고 중화 북스의 전략에 대응해서 저희 북경 서고 또
한 기사 이야기에 대한 대대적인 홍보를 개시할 것입니다.]

짧은 내용이었지만 많은 내용이 전달되었다. 규현은 화면을 보며 고개를 끄덕였다. 그리고 문서 작성 프로그램을 다시 켜서 기사 이야기 개정판 원고 작업을 서둘렀다.

＊　　　　＊　　　　＊

GE 게임즈와 북경 서고에 프로모션에 대한 내용을 전달한 규현은 결과를 기다리며 사무실에서 원고 작업에 집중했다. 한참 집중해서 글을 쓰고 있을 때 상현이 노트북을 가지고 조심스럽게 곁에 다가왔다.

"무슨 일이야?"

규현의 물음에 상현은 주변의 눈치를 살피다가 입을 열었다.

"형, 기사 이야기가 불법으로 공유되고 있는 것 같아요."

"뭐라고?"

"한번 보세요."

상현은 노트북을 규현의 책상 위에 올렸고 규현의 시선이 그의 노트북 화면으로 향했다. 블랙 파일이라는 사이트가 나와 있었고 그곳에선 기사 이야기뿐만 아니라 많은 소설들의 공유가 활발하게 이루어지고 있었다.

"어떻게 안 거야?"

"친구가 알려줬어요."

"그렇구나."

어떤 친구인지는 굳이 묻지 않았다. 중요한 것은 지금 기사 이야기가 불법 공유되고 있다는 사실이었다.

"그동안 불법 공유에 대해 너무 안이하게 대응했나……?"

가람은 불법 공유 사이트를 찾아다니지 않았다. 그래서 실제로 가람 작가들의 작품은 꽤 많이 공유가 되고 있는 상황이었다. 규현은 이를 살짝 악물었다. 가뜩이나 머리가 복잡한데 웬 귀찮은 상황까지 떠안고 말았다.

"어떻게 할까요?"

"내가 직접 해결한다."

그는 블랙 파일 사이트를 뒤져서 고객 센터 전화번호를 찾아냈다. 그리고 스마트폰을 꺼내 들어 전화를 걸었다.

─안녕하세요, 블랙 파일 고객 센터입니다.

"바쁘실 테니 본론만 말할게요. 블랙 파일 도서 카테고리에 기사 이야기 파일 전부 내리세요."

─네? 잠시만 기다려 주시겠어요?

분주히 키보드를 두드리는 소리가 들려온다. 아마도 도서 카테고리에서 기사 이야기를 검색해 보는 것 같았다. 규현은 차분하게 기다렸고 그사이 상현은 규현의 책상 위에 올려두었던 노트북을 다시 자신의 자리에 가져다놓았다.

—기다리게 해서 죄송합니다. 실례지만 혹시 기사 이야기의 저작권을 가지고 계신가요? 저작권을 가지고 계시지 않다면 조치하기 힘듭니다.

"내가 작가예요."

—네?

규현의 대답에 상담원은 다시 한번 확인하듯 물었다. 규현이 다시 대답하기 위해 입을 열었다.

"제가 작가라고요. 기사 이야기를 쓴 작가라는 말입니다."

—아, 작가님이셨군요. 그러면 문제가 되지 않습니다. 바로 조치하도록 하겠습니다. 아마 앞으로는 저희 블랙 파일에서 기사 이야기라는 파일을 볼 수 없을 겁니다.

올라온 파일을 전부 삭제하고 업로드 금지 조치를 취하겠다는 말이었다.

"빠른 조치에 감사합니다."

상담원의 말대로 다음 날 다시 블랙 파일을 확인했을 때 기사 이야기의 모습을 찾을 수 없었다. 이번 일을 계기로 규현은 상현에게 불법 공유에 대한 모든 일을 맡기고 권한을 위임했다. 그는 신속하게 움직였다.

작가들에게 위임장을 받고 공유 사이트를 돌아다녀 증거를 모았다. 그리고 그것을 모아 법조인을 통해 조치를 취했다. 쉬운 일은 아니었지만 상현의 노력 덕분에 잠깐 동안은 조용해지는 듯했다.

＊   ＊   ＊

　〈중국인들을 제국과 왕국 연합과의 전장으로 이끈 '나이츠'의
원작 '기사 이야기'! 중국 상륙을 준비하다!〉
　〈한국과 일본의 정상에 오른 그 '소설'이 이제 중국을 노리고 있
다!〉

　중국 사이트에 들어간 규현은 메인에 올라온 기사 이야기
와 관련된 기사를 확인할 수 있었다. 모두 중국어로 되어 있
었지만 번역기의 힘을 빌려 어렵지 않게 읽을 수 있었다. 중화
북스가 본격적으로 흑철룡의 신작 출간 소식을 흘리고 다니
기 시작했지만 북경 서고 역시 가만히 있지 않았다.
　북경 서고 또한 '나이츠'의 원작자이며, 일본과 한국에서 정
상에 올랐다고 할 수 있는 작가 정규현의 작품, 기사 이야기
가 중국 출간을 앞두고 있다는 사실을 장르 문학 잡지와 신
문사에 흘렸다. 흑철룡의 신작 소식 못지않게 기사 이야기의
중국 출간 또한 흥미롭고 중국인들의 관심을 끌 수 있는 소식
이었기 때문에 큰 호응을 얻어낼 수 있었다.

[Dog2562: 나이츠의 원작을 볼 수 있다는 말입니까? 정말 기대되는군요!]

[Blood9840: 나이츠를 플레이하면서 퀘스트의 스토리에 정말 감탄했습니다. 이제 소설로 만날 수 있다니, 꿈만 같습니다. 부디 빨리 출간되었으면 합니다.]

중국 네티즌의 반응도 좋았다. 번역기를 통해 번역된 중국 네티즌들의 댓글을 보며 규현은 어쩌면 중국의 거물 작가 흑철룡과 한번 싸워볼 법하다는 생각을 했다.

"어쩌면 가능할지도 모르겠네."

인터넷 검색을 끝낸 규현은 고개를 끄덕이며 중얼거렸다. 그러고는 의자 등받이에 몸을 기댔다. 규현의 근처에 책상이 있는 칠흑팔검이 규현의 혼잣말을 듣고는 호기심에 눈동자를 빛내며 물었다.

"뭐가 가능하다는 말씀이신가요?"

"본의 아니게 흑철룡 작가님의 신작과 경쟁을 하게 되었네요."

"흑철룡 작가님이라… 많이 들어봤습니다. 중국 장르 문학계를 대표하는 작가님이시죠."

칠흑팔검은 고개를 끄덕였다. 흑철룡은 중국뿐만 아니라 세계적으로 유명한 작가 중 한 명이었다. 특히 그가 쓴 황야의 강이라는 작품은 전 세계적으로 출간된 유명한 작품이었다.

"힘들지 않겠습니까?"

칠흑팔검은 조심스럽게 우려를 표했다. 흑철룡은 전 세계적으로 유명한 작가였다. 그에 비해 규현은 한국과 일본에서만 유명하지 전 세계적으로 유명한 건 아니었다. 물론 나이츠가 중국에 진출하여 흥행하고 있었지만 흑철룡을 이기기엔 다소 부족하다고 칠흑팔검은 생각하고 있었다.

"힘들어도 어쩔 수 없죠. 정면에서 싸움을 걸어오는데 도망칠 순 없잖아요?"

중국 진출을 포기할 순 없었다. 중국은 거대한 시장이었고 어느 정도 성공을 거둔다면 한국과 일본과는 비교도 되지 않는 매출을 기록할 수 있었다.

"잠시 전화 통화 좀 하고 오겠습니다."

"네."

칠흑팔검과 대화를 나누던 규현은 불현듯 기사를 확인하면 북경 서고의 유상준에게 어떤 방식으로든 연락하기로 했던 것을 기억하고 전화를 걸기 위해 스마트폰을 꺼냈다. 그리고 칠흑팔검에게 양해를 구한 뒤, 회의실로 들어가 국제전화를 걸었다. 원래는 메일로 답장을 보냈지만 국제전화의 편리함을 깨닫게 된 이후로, 국제전화를 애용하기 시작했다.

─네, 작가님. 판무기획팀 유상준입니다.

"기사 확인했습니다. 댓글 반응도 상당히 좋은 것 같더군
요."

─네, 다행히 반응이 나쁘지 않습니다.

상준도 댓글을 확인했다. 그래서 그런지 저번에 통화를 했
을 때와 달리 목소리가 밝았다.

"한정판 출간이나 '나이츠'와의 프로모션은 어떻게 진행되
고 있습니까?"

규현이 물었다. 언제까지 전령 역할을 하고만 있을 수는 없
었기 때문에 두 회사 담당자의 허락을 구한 뒤 서로에게 연락
처를 전달했었다. 그 이후로 북경 서고와 GE 게임즈는 규현
을 통하지 않고 신속하게 프로모션 기획을 진행시킬 수 있었
다.

─순조롭게 진행 중입니다. 조만간에 '나이츠'의 공지와 광
고를 통해 한정판 출간과 협력 이벤트를 적극적으로 알릴 예
정입니다. 아마도 이번 주 내에 '나이츠'를 통해 1차로 홍보가
되고 다음 주에 잡지와 기사를 통해 2차로 홍보할 예정입니
다. 그리고 바로 한정판 예약판매가 시작될 겁니다.

중화 북스의 공세에 맞서 북경 서고도 나름 철저하게 움직
이고 있었다. 이름 있는 신문사와 잡지를 동원해서 기사 이야
기 출간을 미리 언급함으로써 중국 독자들의 시선을 집중시
켰다. 그리고 규현의 도움으로 GE 게임즈와 협력하기도 했다.

"'나이츠' 유저들이 얼마나 따라올지 궁금하네요."

—기대하셔도 좋을 겁니다.

2일 뒤, 나이츠 중국 서버에 한해 추가로 업데이트가 진행되었다. 업데이트로 추가된 것은 다름 아닌 공지와 이벤트 소식이었다. 공지는 기사 이야기의 출간을 언급하고 있었고, 이벤트 내용은 기사 이야기 한정판을 구입하면 나이츠 특별 아이템 추첨권을 지급한다는 것이었다.

나이츠의 공지를 통해 기사 이야기의 한정판 예약을 알게 된 유저들은 환호했다. 나이츠는 흡입력 있는 스토리를 자랑하며 마치 마약같이 중독성 있는 게임으로 유명했다. 이미 마약에 중독된 중국 유저들에게 있어서 '나이츠'는 전설이었다. 전설을 탄생시킨 원작의 한정판 예약이 조금 있으면 시작된다? 이 사실은 중국인들을 미치게 하기에 충분했다.

[최강현질전사: 기사 이야기 원작 한정판? 이건 반드시 사야 해!]

[가짜 소림사: 내 지갑을 한정판에!]

기사 이야기 한정판 예약판매 공지에는 하루 만에 10만 개가 넘는 댓글이 달렸다. '나이츠' 공지에 달린 댓글을 통해 중국인들의 반응을 확인한 북경 서고는 한정판 수량을 대폭 늘렸다. 그리고 며칠 뒤 대망의 한정판 예약판매가 시작되었다.

"준비는 끝났고, 시간만 되면 된다."

중국에 거주하는 한국인 서종국은 책상 앞에 앉아서 회심의 미소를 지었다. 책상 위에는 신속한 결제를 위한 카드가 놓여 있었다. 모니터에는 북경 서고 홈페이지가 접속되어 있었다. 그는 기사 이야기 한정판 예약판매를 기다리고 있었다.

'앞으로 2분.'

종국의 시선이 벽에 걸려 있는 시계를 향했다가 다시 모니터에 집중했다. 시간이 얼마 남지 않았다. 손은 눈보다 빠르다. 이미 그의 손은 마우스를 잡고 있었다. 모든 준비가 끝났으니, 시간이 흘러가기만을 기다리면 된다. 집중하면서 시간이 가기를 기다리니, 애석하게도 시간은 더디게 흘러갔다. 그가 잠시 정신을 놓은 순간, 예약판매가 시작되는 오후 3시가 되었다.

"아뿔싸!"

그는 다급하게 새로 고침을 눌렀지만 한발 늦고 말았다.

"사이트가 터졌어?"

화면으로 보이는 새하얀 창에 그는 경악하고 말았다. 잘 안 터지기로 유명한 북경 서고 홈페이지가 터진 것이다. 사이트는 3분 정도 후에 복구되었고 종국은 다급하게 새롭게 올라온 기사 이야기 한정판 예약 구매를 미친 듯이 클릭했다.

[요청하신 상품은 품절되었습니다.]

"안 돼! 거짓말이야! 3분 만에 다 팔렸을 리가 없어!"

그는 절규하며 미친 듯이 예약 구매를 클릭했지만 품절된 상품은 결제로 넘어가지 않았다.

"안 돼! 내 희귀템이!"

기사 이야기 한정판에는 '나이츠'의 아이템 추첨권도 들어 있었다. 그래서 종국의 절규는 더욱 애잔했다.

*　　　　*　　　　*

흑철룡 작가의 제네시온 영웅전 한정판 예약판매는 한 시간 만에 품절되었지만 기사 이야기 한정판 예약판매는 약 2분 40초 만에 품절되었다. 제네시온 영웅전 한정판에 비해 기사 이야기 한정판의 물량이 조금 적은 편이었긴 했지만 모두의 예상을 뒤엎는 놀라운 결과였다.

북경 서고에서도 기사 이야기 한정판의 품절을 예상하긴 했지만 그들은 품절까지 적어도 2시간 이상이 걸릴 것이라고 예상했다. 그런데 2분 40초 만에 품절 현상을 겪게 되었으니,

북경 서고에서도 상당히 놀랄 수밖에 없었다.

〈기사 이야기와 제네시온 영웅전, 그리고 정규현과 흑철룡〉

이 흥미로운 사실은 장르 문학을 많이 다루는 인터넷 신문 사인 '환상무림'에서 다루기도 해서 화제가 되었다. 비슷한 시기에 출간을 결정한 두 명의 대작가. 기삿거리로는 충분했다.

[vkt1522: 기사 이야기와 제네시온 영웅전이라… 누가 이길지 정말 기대됨.]
[dyd21: '나이츠'를 플레이한 유저로서 기사 이야기에 한 표 줍니다.]

중국인들의 반응 또한 뜨거웠다. 그들은 규현과 흑철룡 중에 누가 더 많은 매출을 기록하여 중국 베스트셀러 1위가 될지 궁금해했고 북경 서고와 중화 북스는 마케팅 전쟁을 멈추지 않았다. 두 출판사는 동원할 수 있는 모든 광고를 동원하여 서로의 작품을 홍보했다. 덕분에 기사 이야기와 제네시온 영웅전을 향한 관심은 사그라들 줄 모르는 상황에서 9월이 찾아왔다.

"드디어 내일이네요, 오빠."

"그래, 내일이야."

현지의 말에 규현은 차분한 목소리로 대답하며 고개를 끄덕였다.

긴장되는 와중에 일본의 교토 북스에서는 기사 이야기 단행본의 누적 판매가 50만 부를 넘었다는 소식을 메일로 전했다. 그 소식은 긴장으로 얼어붙은 대지를 녹이는 햇살처럼 느껴졌다.

찾아오지 않을 것 같았던 다음 날은 찾아왔다. 한정판 배본과 함께 통상판의 판매가 시작되었다. 규현은 사무실에서 중국 사이트의 반응을 실시간으로 살폈다.

다행히 반응은 나쁘지 않았다. 한참 댓글을 확인하다 보니 어느덧 퇴근할 때가 다가왔다. 규현은 북경 서고 판무기획팀의 상준으로부터 전화를 받을 수 있었다.

"여보세요."

─네, 안녕하세요. 기사 이야기 판매 현황에 대해 궁금하실 것 같아서 연락드렸습니다.

"흑철룡 작가와 비교해서 알려주시면 감사하겠습니다."

규현은 기다렸다는 듯이 말했다.

─흑철룡 작가님의 제네시온 영웅전은 5시간 만에 전권 품절되었고, 기사 이야기 또한 비슷한 시간에 전권 품절되었습니다.

상준의 말에 규현은 이를 살짝 악물었다. '나이츠'의 아이템 추첨권을 한정판에 수록해서 그런지 한정판 판매에 있어서는 제네시온 영웅전을 압도적으로 이길 수 있었지만 통상판 판매에선 밀리고 말았다.

분명 품절되는 시간은 비슷했지만 시장에 풀린 물량은 전혀 달랐다.

기사 이야기에 비해 제네시온 영웅전의 물량이 2배 정도 많았다. 그러니 제네시온 영웅전이 기사 이야기에 비해 2배 정도 빨리 팔렸다고 할 수 있었다.

"흑철룡 작가에게 사실상 밀렸네요. 그리고 예상보다 품절되는 속도도 느리고요."

규현은 눈살을 찌푸리며 말했다.

기사 이야기의 인기는 워낙 대단했기 때문에 품절은 예상하고 있었다. 다만 품절되는 시기를 판매 3시간 정도 후로 예상했었다.

예상은 어디까지나 예상이었지만 생각보다 차이가 많이 났다.

─네, 그렇게 볼 수도 있겠네요. 아무래도 비슷한 장르의 소설이 비슷한 시기에 출간되면 한쪽은 피해를 볼 수밖에 없죠.

두 권 다 사서 보는 경우도 있지만 그건 흔한 경우가 아니었다. 아무래도 특단의 조치가 필요할 것 같았다. 상준이 떠드는 동안 규현은 잠시 고민했다. 그리고 고민 끝에 결단을 내리고 입을 열었다.

"제가 중국으로 갈게요. 그리고 사인회 일정을 잡아주세요."

ㅡ중국으로 오시겠다는 말씀이세요?

"네."

상준의 물음에 규현은 조금의 망설임도 없이 대답했다.

사인회는 작가의 이름을 알리는 데 많은 도움이 된다. 특히 사인회 규모를 크게 한다면 마케팅의 효과도 있다.

상준의 말을 들어보니 아직까지 흑철룡은 사인회 계획이 없는 것 같았다. 그래서 규현은 그보다 먼저 사인회를 열어서 고정 독자층을 더욱 확고히 하고 기사 이야기를 홍보해서 잠재적 독자들에게 어필할 생각이었다.

ㅡ그렇다면 사인회 장소는 저희가 확보하겠습니다. 저희 출판사는 같은 이름의 서점도 운영 중이니 베이징 본점에서 진행하면 될 것 같네요.

상준도 긍정적인 반응을 보였다.

작가가 직접 와서 사인회를 해준다는데 북경 서고 입장에서는 거절할 이유가 없었다. 사인회를 열면 여러 가지 이점이 있기 때문이었다.

"그럼 최대한 빨리 일정을 잡아주세요. 일정이 잡히는 대로 베이징으로 가겠습니다."

＊　　　　＊　　　　＊

북경 서고는 진행을 서둘렀고 사인회 일정은 예상보다 빨리 잡혔다. 상준의 연락을 받은 규현은 서둘러 베이징으로 향했다. 하지만 사인회가 시작되기 3일 전 규현은 상준에게서 충격적인 소식을 듣게 되었다.

"'청화 서점' 본점에서 흑철룡 작가님이 사인회를 한다고 합니다."

흑철룡의 사인회 소식이었다.

호텔 안에서 상준의 말을 들은 규현은 푹신한 소파에 앉은 채 이를 살짝 악물었다.

그는 베이징의 지리에 대해서는 잘 몰랐지만 사인회 장소인 북경 서고 본점 근처는 어제 미리 방문해 봤기 때문에 대충은 알고 있었다.

청화 서점 본점은 북경 서고 본점 근처에 있었다.

가는 길에 본 것 같았다. 한자로 적혀 있었지만 규현은 기본적인 한자 실력이 있었기 때문에 어렵지 않게 읽을 수 있었다.

규현이 사인회를 하는 북경 서고 근처에 있는 청화 서점에서 사인회를 연다는 것은 규현에게 정면 대결을 신청하는 것이나 다름없었다.

"그걸 어떻게 이제야 알게 된 거죠? 보통 사인회 일정은 미리 공개하지 않습니까?"

규현이 답답한 표정으로 물었다. 보통 사인회 일정은 미리 공개하는 게 일반적이었다. 그런데 3일 전인 지금에서야 알게 되었다는 것은 뭔가 이상했다.

"죄송합니다. 실은 그쪽에서 게릴라 사인회라며 오늘 공개했습니다."

"완전히 저를 저격한 것 같네요."

규현이 중얼거리듯 말했고 그것을 들은 상준은 고개를 끄덕였다. 미리 사인회 일정을 공개하면 규현과 북경 서고가 일정을 변경해서 맞부딪치는 것을 피할 수도 있기 때문에 게릴라 사인회라는 좋은 이유를 들어서 북경 서고 측에서 일정을 변경하기 힘든 날짜에 자신들의 일정을 공개한 것 같았다.

"이거 상당히 짜증 나네요. 이렇게 되면 어쩔 수 없이 독자들이 분산될 텐데 말이죠."

"아무래도 그럴 수밖에 없죠. 독자들의 몸이 두 개는 아니니까요."

상준이 고개를 끄덕였다. 두 작가의 사인회가 근처에서 열린다는 건 결코 좋은 게 아니었다. 책은 한꺼번에 두 작품을 살 수 있어도 몸은 하나이기 때문에 사인회에는 한 명의 작가만 찾아갈 수밖에 없다.

한 곳에서 사인을 받고 다른 한 곳에 찾아가는 방법도 있지만 규현과 흑철룡은 유명 작가였기 때문에 줄이 아주 길어서 이 방법을 쓴다면 높은 확률로 한쪽의 사인을 받지 못한다. 즉, 헛수고할 확률이 높기 때문에 보통의 경우 한 곳만 찾아가야 한다.

"일단 사인회 일정은 변경할 수 없기 때문이 이렇게 진행할 수밖에 없을 것 같습니다."

상준이 말했다. 사인회까지 얼마 남지 않았기 때문에 갑자기 일정을 변경하면 역효과가 아주 크게 날 것이다.

"아무래도 그렇겠죠. 어쩔 수 없네요. 일단 부딪혀 보는 수밖에 없겠네요."

규현은 고개를 끄덕이며 대답했다. 긴장 속에서 시간이 흘러갔고 사인회 당일이 되었다. 비슷한 시간, 비슷한 장소에서 전혀 다른 두 유명 작가의 사인회가 열렸다.

사인회 시작 초반에는 규현이 압도적으로 우세했다. 충분한 시간을 두고 공지했기 때문에 미리 모인 사람이 많았기 때문이었다. 하지만 그것도 시간이 지나자 상황이 바뀌었다. 흑철룡의 사인회 소식이 입소문을 타고 퍼지면서 베이징에 거주하는 독자들이 모여든 것이었다. 결국 사인회가 끝났을 때쯤에는 흑철룡의 사인회에 모여든 독자의 수가 규현의 사인회에 모인 독자의 수보다 조금 더 많은 것으로 집계되었다.

사인회뿐만 아니라, 전체적인 매출에서도 기사 이야기는 제네시온 영웅전을 뛰어넘지 못했다. 한정판은 '나이츠'의 아이템 추첨권을 주는 협력 이벤트 등으로 압도적인 우세를 점했지만 통상판의 판매는 부진했다. 물론 그렇다고 해서 기사 이야기가 망한 것은 아니었다. 1위가 아닐 뿐이지 충분히 좋은 성적을 내고 있었다. 하지만 규현은 만족할 수 없었다.

"작가님, 너무 속상해하지 마세요. 기사 이야기는 충분히 좋은 성적을 거두고 있습니다."

상준이 규현은 위로했다. 사인회가 끝나고 규현은 아직 한국으로 돌아가지 않은 상태였다. 이제 내일이면 한국으로 돌아갈 예정이기에 그는 모종의 각오를 상준에게 전하기 위해 그를 불렀다.

상준은 규현을 만나기 무섭게 위로의 말부터 건넸다. 그의 말대로 기사 이야기는 충분히 좋은 성적을 거두고 있었지만 문제는 규현이 느끼는 감정이었다. 그는 중화 북스에게 졌다고 생각하고 있었다. 어두운 표정으로 소파에 앉아 있던 규현이 갑자기 일어났다. 그의 얼굴에선 굳은 결심이 엿보이고 있었다.

"상준 씨, 번역팀 대기시켜 주세요."

"예?"

"새로운 원고를 보내 드리도록 하겠습니다."

규현이 두 눈을 빛냈다. 기사 이야기 개정판 원고로 패배했다면 그것을 뛰어넘는 S급 작품을 출간하면 된다.

*   *   *

한국으로 돌아온 규현은 차기작 준비를 하면서 교토 북스에도 연락을 넣었다. 이번 작품은 실시간으로 중국과 일본에 원고를 보내서 번역한 뒤, 신속하게 한국과 중국, 그리고 일본에서 동시 출간할 생각이었다.

이번에는 문학 왕국에서 연재하지 않기로 했다. 문학 왕국 사이트는 비밀 글로 작품을 올려서 스탯을 확인하는 용도로만 사용할 생각이었다. 규현이 한국에 돌아와서 가장 먼저 한 일은 1세대 판타지와 외국에서 출간된 정통 판타지 소설을 읽는 것이었다. 그와 동시에 평소대로 문학 왕국의 소설들도 읽었다.

'확실히 세계적인 소설들은 단순한 재미 이상의 뭔가가 있네.'

스마트폰으로 외국 판타지 소설을 읽던 규현은 스마트폰을 내려놓으며 생각에 잠겼다. 기사 이야기를 쓰기 위해 1세대 판타지 소설을 읽었을 때에도 느낀 것이지만 1세대 판타지 소설들과 세계적인 판타지 소설들에는 재미만을 추구하는 문학 왕국 작품들과는 다른 뭔가가 있었다.

1세대 판타지 소설 작가들을 굳이 비유하자면 처음으로 문을 연 사람 같았다. 그리고 그들이 열어놓은 문을 따라 다른 작가들이 뒤쫓았다. 1세대 판타지 소설들은 하나같이 독창적인 매력이 있었고, 새로운 시도를 접목했다. 그리고 서로가 서로를 복사하는 공공재와 같은 세계관이 아닌 자신만의 고유하고 특별한 세계관을 가지고 있었다.

'10%의 참신함, 그리고 90%의 익숙함이라고는 하지만 그 반대일지도 몰라.'

어느 유명한 판타지 소설 작가가 말했다. 돈을 벌고 싶다면 90%의 익숙함에 10%의 참신함을 첨가하라고, 하지만 규현은 이렇게 정정하고 싶었다. 성공하고 싶다면 90%의 참신함에 10%의 익숙함을 첨가하라고 말이다.

10%의 익숙함에 90%의 참신함을 첨가한다. 이것은 '도전'이라고 하기보단 '도박'에 가까웠다. 현재 장르 문학 작가들은 위험한 도전, 도박하는 것보다는 무난하게 잘 팔리는 글을 쓰기를 원하고 있었다. 괜히 도전했다가 망했을 경우 생기는 시간 낭비를 감당하는 것을 피하고 싶은 것이다.

'하지만 나는 다르지.'

규현의 눈동자가 빛났다. 그의 생각은 틀리지 않았다. 규현은 그들과 달랐다. 스탯이 보이는 그의 능력이 있다면 낭비되는 시간은 극도로 줄어들게 된다. 보통 소설이 망하면 적어도 5권으로 완결을 해야 하기 때문에 최소 4개월에서 6개월까지의 시간이 소요되지만 규현은 프롤로그만 써도 결과가 예측이 가능하기 때문에 낭비되는 시간이 극히 적었다.

　다른 작가들이 규현과 같은 노력을 기울여 하나의 작품을 완성하고 몇 권씩 연재하면서 반응을 볼 때 규현은 수십 편 이상의 작품을 완성하고 능력으로 반응을 미리 볼 수 있었다. 규현은 두 눈을 빛내며 노트북 키보드에 손을 올렸다.

　첫 번째 총알은 장전되었다. 머릿속에 소재는 이미 준비되었고, 간단하게 세계관을 설정하고 반응을 보기 위한 최소 조건인 프롤로그만 작성하면 된다. 그는 빠른 속도로 노트북 키보드를 두드렸다. 적막한 오피스텔 안에 키보드를 두드리는 소리만이 들렸다. 한참의 시간이 지나고 그는 세계관 설정과 프롤로그 작성을 끝마쳤다.

[필리어스의 마지막 황제]

분류: 판타지.

종합 등급: B.

30일 뒤 예상 24시간 구매 수: 13,000.

어느 정도 내공이 쌓인 덕분에 첫 번째 선수부터 괜찮은 스탯이 나왔지만 세계적인 무대에서 놀기엔 너무나 부족했기 때문에 규현은 과감하게 '필리어스의 마지막 황제'와 관련된 모든 내용을 삭제했다.

"한 번으로 안 되면 될 때까지 쓰면 되지."

노트북 화면을 내려다보는 규현의 두 눈이 날카롭게 빛났다. 각오는 되어 있었다. 이제 실행에 옮기기만 하면 된다.

*　　　　　*　　　　　*

"오빠, 괜찮으세요?"

며칠 전에 비해 많이 초췌해진 규현의 몰골을 보며 현지가 걱정스러운 목소리로 물었다.

규현은 힘없는 걸음으로 책상으로 가서 의자를 빼고 앉았다.

"괜찮아."

대답하는 목소리에도 힘이 없었다. 그럴 수밖에 없었다. 그는 근래 5일 동안 잠을 거의 자지 않고 소설 프롤로그를 쓰고 스탯을 보고 지우는 중노동을 계속해 왔으니까 지칠 수밖에 없었다. 규현의 방식은 문제점을 즉시 보완할 수 있고 시간을 아낄 수 있다는 큰 장점이 있었지만 머리를 한계 이상으로 쥐어 짜내는 극도의 정신노동을 필요로 한다는 단점도 있었다.

"후우!"

규현은 한숨을 내쉬며 노트북을 열고 전원을 켰다. 비록 프롤로그와 세계관뿐이지만 5일 동안 셀 수 없을 정도로 많은 작품을 찍어냈다. 그래서 지금 그는 정신적인 피로가 상당히 쌓여 있었다. 그 모습을 본 칠흑팔검은 말없이 커피를 타 주었다. 규현은 칠흑팔검이 타 준 커피를 마시며 묵묵히 세계관 설정을 끝내고 프롤로그를 작성했다.

완벽하게 세계관이 구성되니 프롤로그를 쓰는 것은 어렵지 않았다.

이미 머릿속에서 스토리 구상은 끝난 상태였기 때문이었다. 이윽고 프롤로그를 완성한 규현은 문학 왕국 서재에 비밀 글로 글을 올렸다. 그리고 스탯을 확인하기 위해 긴장한 표정으로 마우스를 움직였다.

[최후의 흑마법사]
분류: 판타지.
종합 등급: S.
30일 뒤 예상 24시간 구매 수: 약 34,000.

정상에 오를 준비가 끝났다. 규현은 힘없이 마우스를 놓았다.

최후의 흑마법사는 부모의 재산을 노린 제국에 의해 누명이 씌워져 재산과 가족, 그리고 인간적인 면을 잃은 몰락 귀족 리들 블랙이 간신히 제국의 추격에서 벗어나 위대한 흑마법사 그라임스의 제자가 되어 제국에 대한 복수를 행하는 내용이었다. 물론 이렇게 일차원적이고 단순한 줄거리라면 S급 판정을 받기 힘들었을 것이다.

하지만 최후의 흑마법사의 프롤로그에는 다수의 복선이 잠들어 있었다. 그래서 원래는 A급에 불과했지만 5번의 프롤로그 수정 끝에 S급으로 끌어 올렸다. 그리고 리들 블랙은 자신이 파괴시킨 마을에서 데리고 나온 어린아이인 토미를 데리고 다니게 되면서 잃어버린 인간성을 되찾게 된다는 철학적인 내용도 담고 있었다.

마지막으로 최후의 흑마법사에는 주인공이 여러 명이라는, 장점이라면 장점이 될 수도 있고 단점이라면 단점이 될 수도 있는 색다른 특징이 존재했다.

복수에 미친 흑마법사 리들 블랙, 용병왕국으로부터 제국을 지키고 중앙집권 강화를 위해 희생자를 낸 중앙제국의 젊은 황제 로펠크, 망해가는 용병왕국을 살리기 위해 중앙제국의 비옥한 땅을 노리는 레이시스 왕자, 그리고 용병왕국과 밀약을 맺은 위대한 흑마법사 그라임스.

제각각의 캐릭터는 개성이 넘쳤고 복잡한 이해관계로 얽혀 있었다. 그리고 정말 매력적인 점은 모든 등장인물 중에 완전한 악역은 없다는 것이었다. 그들은 저마다의 사정이 있었다. 악역에 가까운 등장인물은 있어도 완전한 악역은 없었다. 복잡한 이해관계가 그것을 가능하게 만들었다.

최후의 흑마법사 프롤로그가 아주 좋은 스탯이 나오자 규현은 그 즉시 최후의 흑마법사에 최대한 집중하여 원고 작업을 서둘렀다. 그는 글 쓰는 속도가 빠른 편이 아니었지만 원고에 몰두하니 그 속도가 결코 느리지 않았다. 며칠 만에 출판사에 보낼 수 있을 정도의 원고를 완성한 규현은 교토 북스와 북경 서고에 문서 파일을 첨부해서 메일을 보냈다.

[작가님, 원고 잘 받았습니다. 아직 초반부지만 읽어보니까 상당히 재밌었습니다.]

교토 북스에서는 메일로 답장을 했고 북경 서고에서는 판무기획팀의 대리인 유상준이 직접 규현에게 전화를 걸었다.

"다행이네요."

─현재 원고를 받자마자 북경 서고 번역팀에서 번역 작업에 착수했습니다. 때문에 다른 모든 번역 작업은 잠시 미뤄두었

습니다.

북경 서고 번역팀은 모든 번역 작업을 뒤로 미루고 최후의 흑마법사에 집중했다. 사실 북경 서고의 사장은 규현이 흑철 룡에게 밀리는 모습을 보이자 다소 기대를 접은 듯했다. 하지 만 상준은 달랐다. 규현이 보내준 최후의 흑마법사를 읽자 절 대로 놓쳐서는 안 되는 작품이라고 생각했고 적극적으로 사 장에 어필하여 번역팀의 적극적인 지원을 이끌어냈다.

[작가님, 보내주신 소중한 원고를 읽어보았습니다. 한국어였 기 때문에 아직 저희가 모두 읽어보진 못했습니다만 급한 대로 번역가의 도움을 받아서 보내주신 시놉시스만 읽어보았습니다. 우리는 모두 감탄했습니다. 이건 절대로 놓칠 수 없다고 생각했 습니다. 계약할 의향이 있으시다면 즉시 야마모토를 보내겠습 니다.]

초반에 소극적인 모습을 보였던 북경 서고와는 달리 기사 이야기로 달콤한 꿀맛을 보고 있는 교토 북스는 그의 작품에 아무런 의심을 품지 않고 번역 작업에 집중하고 있었다. 사실 계약이 먼저 진행되어야 번역을 진행할 수 있지만 번역을 먼 저 요청한 것은 규현의 의사였다.

그는 최대한 빨리 최후의 흑마법사를 출간하기를 원했고,

계약으로 인해 번역이 늦춰지지 않았으면 했다. 그래서 그는 북경 서고와 교토 북스에 원고를 보내 실시간으로 번역하게 하면서 한편으로는 국내에서 최후의 흑마법사의 종이책 출간을 도와줄 출판사를 찾았다.

가람은 매니지먼트였기 때문에 종이책을 출간할 수 있는 시스템을 갖추지 않았다. 그래서 출판사의 협력이 필요했다. 다행히 규현의 명성 덕분에 1세대 판타지 소설을 여럿 출판하면서 이름을 알린 제이엔 미디어에서 흔쾌히 출간을 약속했고 계약할 수 있었다.

[어제 두 번째로 보내주신 원고의 번역이 시작되었습니다. 처음 보내주신 원고는 번역이 끝났습니다. 번역이 끝나는 것과 거의 동시에 저희 출판사 직원들이 작가님이 보내주신 원고를 읽었는데, 하나같이 재밌다고 하더군요. 이번에도 느낌이 좋습니다.]

교토 북스와 북경 서고, 그리고 제이엔 미디어는 거의 동시에 계약을 했고 규현은 두 번째 원고를 세 곳의 출판사에 보냈다. 당연한 이야기지만 제이엔 미디어에서의 편집 작업이 가장 먼저 끝났고 그다음으로 교토 북스에서 두 번째 원고를 잘 받았다는 말과 함께, 첫 번째로 보내준 원고의 번역이 완료되었다는 내용의 메일을 보내왔다.

[작가님, 두 번째로 보내주신 원고도 잘 받았습니다. 두 번째 번역 작업은 시작되었고, 첫 번째 원고의 번역은 이미 끝났습니다. 아직 사장님과 팀장님들이 작가님을 못 미더워하는 것 같아서 번역된 원고를 보여 드렸더니, 바로 적극적인 태도를 보이면서 모든 지원을 아끼지 말라고 하시더군요. 최후의 흑마법사가 저희 회사 직원들의 마음을 사로잡아 버렸습니다.]

한편 북경 서고에서도 메일이 도착했다. 북경 서고의 상준은 메일보다는 전화를 선호했지만 가끔 이렇게 메일을 보내기도 했다. 메일의 내용은 긍정적이었고 비로소 규현은 안도할 수 있었다.

＊　　　　　＊　　　　　＊

"팀장님, 최후의 흑마법사 출간일을 조금 늦춰줄 수 있겠습니까?"

규현은 제이엔 미디어의 기획팀장인 최재성에게 전화를 걸어서 최후의 흑마법사 출간일을 조금 늦춰줄 것을 요청했다.

―저희야 상관없지만 무슨 문제라도 있으신가요?

재성이 조심스럽게 이유를 물었다. 제이엔 미디어에서는 이미 최후의 흑마법사를 출간할 준비가 끝나 있었다. 내부에서 출간일을 확정했고 출간 전에 인터넷에 소식을 흘려서 이슈화를 준비하고 있었다.

"가능하면 중국과 동시에 출간하고 싶어서 말입니다."

특별한 이유는 없었다. 그냥 가능하면 동시에 출간하고 싶었다. 다만 일본 같은 경우엔 일러스트 작업이 있기 때문에 중국만이라도 출간 일정을 맞추고 싶었다.

―그렇군요. 무슨 말씀인지 알 것 같습니다. 제가 담당자에게 전달하겠습니다.

"감사합니다."

보통 출간 일정은 전적으로 출판사에서 관리하기 때문에 작가가 관여할 수 있는 경우는 거의 없었다. 가끔 작가와 출판사가 협의해서 출간 일정을 정하는 경우도 있지만 최근 작가의 수가 많아지면서 거의 불가능해졌다. 다행히 재성은 규현의 요청을 수용하는 태도를 보였다.

재성은 규현의 요청을 즉시 담당자에게 전달했고 중국 북경 서고의 번역 작업은 마지막 원고를 향해 달렸다. 북경 서고는 번역 작업을 서두르면서 기사 이야기의 작가 정규현이 새로운 작품을 준비하고 있다는 정보를 중국의 인터넷과 장르 문학 전문 잡지들에 흘렸다. 중국의 장르 문학 시장은 넓었기 때문에 적절한 마케팅이 없으면 묻히기 쉬웠다.

10월 첫째 주가 되면서 결전의 날이 밝았다. 중국과 한국에서 최후의 흑마법사 1권이 출간되었다. 한국에는 규현의 신작을 기다리는 독자가 많았기 때문에 최후의 흑마법사는 출간과 동시에 품절되었다. 전자책 판매 사이트의 활성화로 종이책의 구매는 현저히 줄어든 한국이었지만 규현이 쓴 작품은 소장 가치가 있다고 판단한 것 같았다.

〈대포로 안 되니까 미사일을 동원하다! 기사 이야기를 뛰어넘는 최후의 흑마법사의 등장!〉
〈많은 등장인물 하나하나가 살아 숨 쉬는 매력적인 작품! 최후의 흑마법사! 필독 권장!〉

중국에서의 반응도 상당히 폭발적이었다. 장르 문학 전문 잡지와 인터넷 신문사에서는 최후의 흑마법사에 대한 내용을 메인으로 다뤘다. 중국 전자책 판매 사이트에서도 이례적으로 1권밖에 출간되지 않은 최후의 흑마법사를 메인 배너에 올려 홍보했다. 최후의 흑마법사는 제네시온 영웅전의 품절 기록을 깨고 증쇄했다. 제네시온 영웅전에 비해 한 달이나 늦게 출간되었음에도 불구하고 며칠 만에 제네시온 영웅전의 매출을 뛰어넘는 기염을 토했다.

"정규현 작가는 더 이상 장애물이 되지 않는다고 하지 않았었나? 이게 어떻게 된 거지?"

중화 북스 사장은 기획팀장 박진성을 크게 다그쳤다. 며칠 전까지만 해도 사장은 규현이 최후의 흑마법사를 출간한다고 했을 때 심상치 않은 느낌을 받고 진성에게 규현을 다시 포섭하라는 지시를 내렸다. 하지만 박진성은 중화 북스 사장에게 규현을 신경 쓸 필요가 없다고 보고했었다. 사장은 그의 말을 믿었고 결국 이런 상황이 찾아오게 되었다.

"이제 어떻게 할 것인가, 자네. 책임지고 물러날 텐가? 팀장 맡을 사람은 많다네."

1위는 기억해도 2위는 쉽게 기억되지 않는다. 기사 이야기를 누르고 각종 순위에서 1위를 달리고 있었던 제네시온 영웅전은 최후의 흑마법사의 등장으로 1위를 빼앗기게 되었고 전자책 판매 사이트들은 제네시온 영웅전보다 잘 팔리는 최후의 흑마법사를 먼저 배너에 올렸다. 그래서 중화 북스에서 입은 손해는 웃고 넘길 수준이 아니었다.

"제게 좋은 방법이 있습니다. 대신 자금을 지원해 주시죠."

진성의 눈이 위험하게 빛났다.

"얼마를 지원해 주면 되나?"

사장이 말했다. 진성은 유능한 직원이었고 그는 언제나 어려운 상황에서 해법을 찾아내곤 했다. 그래서 그가 방법이 있다고 말하자 다소 기대가 되는 것도 사실이었다. 그래서 그는 물었다. 얼마를 지원해 주면 되냐고. 진성은 입꼬리를 끌어올리며 필요한 액수를 말했고 사장은 조금 놀란 얼굴이 되었다. 중화 북스 입장에서도 꽤 부담이 되는 금액이었다.

"생각보다 액수가 많군. 일단 계획을 말했으면 좋겠는데……"

"우선 파워 블로거들을 포섭할 겁니다. 그리고 어떤 사건을 일으키겠습니다."

"사건이라고 함은?"

사장의 눈이 호기심에 반짝였다.

"한국 작가 한 명을 섭외해서 중국 장르 문학을 비난하게 만들 생각입니다. 이 행동 자체로는 큰 효과를 못 보겠지만 파워 블로거들을 동원한다면 이 작은 불을 크게 키울 수 있을 겁니다."

진성이 입꼬리를 끌어 올린 채 설명했다. 중국의 장르 문학 독자층은 고인 물과 같았고 자국의 장르 문학 시장에 대한 자부심이 엄청났다. 그래서 만약 비난을 받는다면 그들은 바로 반응할 것이다. 그리고 파워 블로거들을 장악해서 그 불길을 키운다면 죄 없는 규현에게까지 불길이 미칠 것이다. 산불이 크게 나면 모든 것을 집어삼킨다. 진성은 산불을 한번 크게 낼 생각이었다.

"좋아, 허가하겠네. 한국에 다녀오게나."

"최선을 다하겠습니다."

며칠 뒤, 진성은 한국으로 가는 비행기에 올랐다. 몇 시간 후 서울에 도착한 그는 만나기로 한 작가를 만나기 위해 약속 장소로 향했다. 이미 중국에서 간단한 이야기가 끝났기 때문에 만나서 이야기의 끝을 맺을 생각이었다.

카페에 앉은 그는 시원한 커피를 한 모금 마시며 주변을 살폈다. 문이 열리고 익숙한 얼굴의 남자가 걸어 들어왔다. 진성은 커피 잔을 내려놓고 의자에서 일어나 그를 향해 손을 흔들었다.

"여깁니다, 작가님!"

36장

군림

손을 흔드는 진성을 발견한 남자가 그의 앞에 앉았다.

"안녕하세요."

진성이 인사를 건네자 남자는 깊게 눌러쓴 모자를 벗었다. 모자에 가려진 그의 얼굴이 드러났고 진성은 입꼬리를 끌어 올리며 말을 이어가기 위해 입을 열었다.

"이상진 작가님."

진성의 앞에 모습을 드러낸 작가는 놀랍게도 상진이었다.

"마음의 결정은 내리셨습니까?"

진성의 말에 상진은 대답 대신 고개를 끄덕였다. 이미 두 사람은 국제전화로 간단한 이야기를 끝낸 상태였다. 하지만 오늘 만난 이유는 확답을 받아내기 위해서였다. 긍정적인 상진의 모습에 진성은 입꼬리를 끌어 올리며 고개를 살짝 끄덕였다.

공작을 위한 패를 잘 선택한 것 같았다. 규현에게 타격을 입히기 위해 선택한 패인 상진은 규현에 의해 모든 것을 잃어서 더 이상 잃을 것이 없었고 그로 인해 규현에 대해 상당한 증오를 가지고 있었다. 중국 장르 문학을 비난할 예정인 상진의 작가 인생은 이번 일로 끝날 게 분명했지만 이미 규현 때문에 작가 인생이 끝난 것이나 다름없었기에 상진은 두려울 게 없었다.

그는 한국에서 입지가 상당히 좁아졌기 때문에 이번 일은 한국에서 큰 효과를 불러일으키지 못하겠지만 중국에서는 달랐다. 상진이 중국 장르 문학을 비난하면 중국인들은 규현이 상진과 같은 나라의 국민이라는 사실만으로도 좋지 않은 감정을 가지게 될 것이다. 그리고 진성은 그렇게 생긴 작은 불씨를 파워 블로거들을 이용해 크게 키울 생각이었다.

"어차피 저는 모든 것을 잃었어요. 더 이상 잃을 건 없네요. 입금만 제대로 해준다면야 정규현 작가를 무너뜨리는 것쯤이야 못 할 것도 없죠."

상진의 눈이 반짝였다. 진성은 입가에 미소를 머금었다.

"죄송하지만 입금은 힘들 것 같습니다."

"잠시만요. 방금 뭐라고 하셨죠?"

입금이 불가능하다는 말에 상진의 눈빛이 변했다 그 모습을 본 진성은 웃음소리를 흘리며 작은 가방을 테이블 위에 올렸다.

"하하하, 혹시라도 증거가 남으면 안 되니까요. 돈은 이렇게 제대로 준비했습니다."

진성은 그렇게 말하며 상진만 볼 수 있게 가방을 살짝 열었다. 작은 가방이었지만 안에는 현금이 가득했다. 그것을 본 상진의 입가에 미소가 번졌다.

"이것으로 증거는 없습니다. 저희 둘만 아는 비밀입니다. 그리고 이건 착수금입니다. 이야기한 대로만 잘해주신다면 더 드리겠습니다."

"모든 준비는 끝나 있는 것이죠?"

"이미 중국의 파워 블로거들을 매수했습니다. 기름을 든 채 불씨가 태어나길 기다리고 있습니다."

진성의 입가에 미소가 그려졌다. 하지만 그는 몰랐다. 그들이 앉아 있는 테이블 근처에 지은이 앉아 있다는 것을 말이다.

*　　　　　*　　　　　*

규현은 최후의 흑마법사 시놉시스 작업을 하느라 바빴다. 이미 4권까지 스토리는 잡혀 있었지만 스스로 완벽하지 않다고 생각해서 수정을 거듭하고 있었다. 그러면서도 각 출판사에 원고를 넘기기 전에 확인 작업도 거를 수 없었기 때문에 규현은 상당히 바쁜 하루를 보내고 있었다.

각 출판사에 원고를 넘기기 전에 문학 왕국에 비밀 글로 올려서 스탯을 확인하는 작업을 거치지 않으면 아마 퀄리티가 많이 떨어졌을지도 모른다. 번거롭지만 꼭 필요한 순서였기 때문에 규현은 성실하게 확인 작업을 거치는 것을 거르지 않았다.

"오빠!"

규현이 2권 원고를 보내기 전, 문학 왕국 서재에 비밀 글로 올려서 스탯을 확인하는 작업을 하고 있을 때 사무실 문이 갑작스럽게 열리면서 정장 차림의 지은이 들어왔다. 그녀의 등장에 현지는 눈살을 살짝 찌푸렸다.

"지은아, 무슨 일이야?"

지은은 규현의 사무실에 자주 방문하는 편이었지만 언제나 방문하기 전에 연락해서 양해를 구했다. 그런데 이번에는 미리 연락받은 게 없었기 때문에 규현은 의아하다는 표정으로 지은을 보았다. 여기까지 뛰어왔는지 지은은 거친 호흡을 정돈하며 입을 열었다.

"오빠, 급한 일이에요. 회의실에서 긴히 드릴 말씀이 있어
요."

지은은 평소와는 다르게 평정심을 잃은 모습을 보이며 회
의실을 향해 발걸음을 옮겼다. 그녀가 먼저 회의실 문을 열고
들어갔고 규현도 곧 뒤따랐다. 회의실 안으로 들어온 규현이
문을 닫자 지은은 스마트폰을 테이블 위에 올려놓았다.

"한번 들어보세요."

그리고 녹음해 둔 음성 파일을 재생했다. 녹음된 것은 놀랍
게도 진성과 상진의 대화였다. 지은이 녹음을 시작한 때는 그
들의 입에서 규현의 이름이 나오고 난 뒤였기 때문에 처음부
터 녹음된 것은 아니었지만 대화 내용을 이해하는 데 어려움
이 없었다. 녹음 파일의 재생이 끝나자 규현의 얼굴은 심각해
졌다.

"이거 어디서 녹음했어?"

"회사 근처 카페에서요. 일이 안 풀려서 점심시간을 이용해
서 밀린 업무를 해결하고 있었는데 두 사람 얘기를 우연히 들
었어요. 혹시 아는 사람들이에요?"

지은의 물음에 규현은 대답 대신 고개를 끄덕였다. 녹음된
두 목소리 모두 익숙했다. 한 명은 이상진이 분명했고 한 명
은 확실하지는 않지만 박진성일 것이다. 녹음된 대화 내용을

들어보니 아무래도 두 명이서 뭔가 좋지 않은 일을 꾸미고 있는 것 같았다.

"지은아, 고마워. 너 아니었으면 큰일 날 뻔했어."

규현은 지은에게 진심으로 고마움을 표현하며 그녀의 어깨에 손을 올렸다. 아무 생각 없이 한 행동이었지만 지은의 볼이 붉게 물들었다. 그녀는 붉게 물든 얼굴을 감추기 위해 고개를 숙이며 뒤로 한 발짝 물러났다.

"그, 그럼 저는 이만 가볼게요! 점심시간이 거의 끝나가서요."

그렇게 말하면서 지은은 회의실 문을 열었다. 규현은 그녀의 뒷모습을 보며 입을 열었다.

"고마워. 다음에 맛있는 거 사줄게."

그 말에 회의실을 나가던 지은이 발걸음을 멈추고 고개를 돌려 규현을 보았다.

"약속한 거예요."

"그래."

규현이 대답하자 지은은 회의실 문을 열어놓고 가벼운 발걸음으로 사무실을 나갔다. 그녀가 사무실을 나가는 모습을 확인한 규현은 회의실 문고리를 잡았다. 그리고 탕비실에서 나와 자신의 자리로 향하는 상현을 보며 입을 열었다.

"잠깐 통화 좀 길게 할게. 혹시 나를 찾는 사람이 있으면 알아서 상대 좀 하고 있어."

최근 가람이 많이 커지면서 사무실 방문객도 늘어났다.

"네."

상현의 대답을 들은 규현은 회의실 문을 닫고 스마트폰을 꺼내 들었다. 그리고 중국의 국제 번호를 입력하고 북경 서고의 상준에게 전화를 걸었다.

—네. 작가님, 안녕하세요.

상준이 전화를 받았다. 규현은 현재의 상황을 간단하게 요약해서 상준에게 알렸다. 규현이 요약한 내용을 들은 상준은 상황이 얼마나 심각한지 깨달았다.

—설마 중화 북스에서 이렇게 나올 줄은……. 저희도 미처 예상하지 못한 상황입니다.

상준이 말했다. 북경 서고에서도 최후의 흑마법사가 제네시온 영웅전을 찍어 누르고 있는 탓에 중화 북스에서 어떤 모종의 조치를 취할 것이라고 예상하고 있었지만 이렇게 큰 판을 준비하고 있을 줄은 미처 예상하지 못했다.

—일단 사장님께 보고드리고 최대한 막아보겠습니다.

"아뇨, 막지 마세요."

—예? 당장 움직여도 막기 힘듭니다. 시간이 없어요. 가만히 당하고 있을 생각이신가요?

상준은 규현의 말을 이해할 수 없었다. 규현은 입꼬리를 끌어 올렸다. 가만히 당하고 있을 생각은 없었다. 단지 그에게 다른 생각이 있었다.

"지금 막기 위해서 움직여도 100% 막을 수 있다는 보장은 없을 겁니다. 그렇죠?"

—그렇긴 합니다만, 노력은 해봐야 하지 않을까요?

상준이 자신감 없는 목소리로 대답했다. 규현의 말대로 지금 당장 움직인다고 해도 막을 시간이 부족했다. 중화 북스에서 매수한 파워 블로거들을 알아낼 시간도, 다시 매수할 여유도 없었다.

"혹시나 막는다고 칩시다. 어떻게 막을 생각이죠?"

—매수된 파워 블로거들을 파악하고 더 많은 돈을 줘서 침묵시키면 될 것 같습니다.

"그것만으로는 부족해요. 그러면 단순한 '수비'에서 끝나게 되잖아요. 확실히 보장할 수도 없고요."

규현은 단순히 수비에서 끝내는 것을 원하지 않았다. 적이 자신을 향해 주먹을 휘두른다면 막는 게 아니라 반격을 가하는 게 그였다.

—뾰족한 방법이라도 있습니까?

"제가 아는 사람이 두 사람의 대화를 녹음한 파일을 가지고 있습니다. 만약 판을 열었는데 짜고 친 고스톱이라는 게 들통나면 어떨까요?"

─아마도 좋은 소리는 못 듣겠죠?

"그렇죠."

─녹음 파일로 상당한 타격은 줄 수 있겠지만 치명타는 주기 힘들 겁니다. 파워 블로거들은 잡아떼면 그만이니까요.

상준의 말도 옳았다. 녹음된 진성과 상진은 방법이 없겠지만 파워 블로거들은 자기들이 돈을 받지 않았다고 잡아떼면 될 것이다.

"하지만 그들도 흔들리겠죠. 미리 매수된 파워 블로거들의 명단을 확보했다가 파워 블로거들이 흔들리면 그때 저희가 매수하면 됩니다."

─대략적인 계획은 이해가 가네요. 자세한 계획이 있나요?

상준의 물음에 규현은 차분한 목소리로 자세한 계획을 설명했다. 그의 설명이 끝났을 때 상준은 감탄했다.

─사장님께 보고드리겠습니다. 작가님의 말씀대로 하겠습니다. 저희가 적극적으로 지원하겠습니다.

전화 통화가 끝나고 규현은 회의실을 나와 사무실로 돌아갔다. 그리고 잠시 닫아놓았던 노트북을 열어서 상진의 트위터와 블로그를 주시했다. 그의 예상이 틀리지 않다면 트위터나 블로그를 통해 큰 논란을 가져올 불씨가 시작될 것이다.

*   *   *

[1세대 작가로서 인정할 수 없습니다.]

예상대로 불씨는 상진의 블로그에서 시작되었다. 중국에서 이슈가 되기 전에 우선은 한국에서 적당히 이슈시킬 필요가 있었기 때문에 상진의 발언은 미리 매수된 네티즌에 의하여 인터넷 이곳저곳을 옮겨 다니기 시작했고 장르 문학을 좋아하는 사람들 사이에선 점차 이슈가 되었다.

〈한국의 유명 작가! 중국 장르 문학을 폄하하다!〉

한국에서 어느 정도 이슈가 되자 이번에는 물을 건너가 중국으로 향했다. 한국에서는 크게 이슈가 되지 못했던 상진의 발언은 중국으로 건너가기 무섭게 큰 불씨가 되어 번졌다. 상진의 발언은 중화 북스에 매수된 파워 블로거들에 의해 중국 인터넷에 널리 퍼졌고 중국인들은 분노했다.

이 일로 인해 상진은 치명타를 입었고 중국에서 조용히 자신의 책을 판매 중이던 한국 작가들은 물론 규현도 피해를 입었다. 사실 처음만 해도 상진의 발언을 신경 쓰는 사람들은 많이 없었지만 중화 북스에 매수된 파워 블로거들의 적극적인 전파로 인해 작은 불씨는 산불이 되었다.

파워 블로거들은 단순히 퍼뜨리는 데 그치지 않고 악의적인 소문까지 곁들였다. 평소였다면 그들의 악의적인 소문에 흔들리지 않았겠지만 상진의 발언 때문에 조금 예민해져 있던 중국인들은 파워 블로거들의 말에 쉽게 휩쓸렸다.

[bksclawk24: 한국 작가들은 중국 장르 문학계를 이렇게 생각하는구나……. 몰랐네.]
[HoGu2345: 한국 작가들 작품 불매운동 펼쳐야 하는 거 아니에요?]

불씨가 본격적으로 퍼진 후 규현은 중국 사이트에 접속해서 댓글 반응을 살폈다. 악의적인 내용이 대부분이었다. 중화 북스에서는 파워 블로거들뿐만 아니라 댓글 알바들 또한 고용했기 때문에 무한 리트윗과 악플의 공세는 엄청났다. 그 모습을 본 규현은 슬슬 때가 되었음을 깨닫고 스마트폰을 꺼내 북경 서고의 상준에게 전화를 걸었다.

―네, 작가님.

상준이 전화를 받았다. 어딘가 비장한 각오가 흐르는 듯한 목소리다. 모든 준비가 끝난 것 같았다.

"이미 메일은 보내두었습니다."

지은에게 받은 녹음 파일은 이미 북경 서고에 보내두었다.

─예, 이미 확인했습니다. 드디어 때가 온 건가요?

"그렇습니다. 슬슬 공개해도 될 것 같습니다."

　모함이 절정에 달했을 때 북경 서고에서는 녹음 파일을 공개했다. 이미 사람들은 거대한 파도에 휩쓸린 뒤라서 북경 서고에서 녹음 파일을 공개해도 큰 효과를 거두지 못했다. 융단 폭격이 떨어지고 있는 곳에서 총을 쏴보았자 티도 나지 않는 법이다.

　〈모든 것은 조작되었다. 배후는 중화 북스!〉

　〈한국의 판타지 소설 작가 이상진은 돈을 좋아해〉

　하지만 북경 서고에서는 장르 문학에 대한 소식을 주로 보도하는 인터넷 신문사에 녹음 파일을 보내고 미리 고용한 댓글 알바를 풀었다. 그러자 특종을 찾고 있던 인터넷 신문사들은 녹음 파일을 받기 무섭게 대대적으로 보도했다.

　규현과 한국 작가들을 향해 몰려들던 불길은 순식간에 역풍을 만났고 분노의 화살은 중화 북스와 상진에게 향했다. 속은 것에 대해 분노한 중국인들뿐만 아니라, 상진 때문에 중국인들에게서 비난의 화살을 맞아야만 했던 한국 작가들도 규탄의 목소리를 높였다.

[Gu884: 사실 저거 중화 북스의 진심 아님? 이상진 작가를 통해서 하고 싶은 말 했던 거 아닌가 싶음.]

[Ho741: 뭐가 되었든 간에 이런 장난은 좋지 않다고 생각합니다. 중화 북스에 많이 실망했어요. 물론 이상진 작가님에게도 실망입니다. 과거 1세대 시절의 작품을 재밌게 읽었는데 말이에요.]

누군가 말했다. 먼저 행동하는 게 힘들다고. 하지만 누군가 먼저 행동한다면 다른 사람들은 그의 뒤를 따를 것이다. 인터넷 또한 마찬가지였다. 먼저 비판하는 게 힘들어서 그렇지, 누군가 중화 북스와 이상진을 비판하는 댓글을 달고 리트윗을 시작하자 다른 사람들도 그들을 따라 키보드를 바쁘게 두드렸다.

신호탄을 쏜 것은 북경 서고에 고용된 알바들이었지만 상황을 보니 굳이 알바를 고용하지 않았더라도 중화 북스와 상진에 대한 부정적인 여론이 형성되는 것은 시간문제 같았다. 그 정도로 분위기는 좋지 않았다. 상진 같은 경우에는 돈에 명예를 팔아먹었다면서 표절 사건 이후로 그나마 버티고 있던 이미지가 수직 추락하는 결과를 가져왔다.

"젠장!"

술에 잔뜩 취해 집으로 돌아온 상진은 들고 있는 스마트폰을 신경질적으로 던졌다. 그래도 돈이 아까운 것인지 던진 방향에는 소파가 있었다. 스마트폰이 소파에 툭 떨어졌고 상진은 소파에 몸을 던지듯 앉으며 두 손으로 얼굴을 가리고 고개를 숙였다.

"하아, 이렇게 될 줄은 몰랐는데!"

한숨을 쉬며 혼잣말을 내뱉었다. 중화 북스로부터 돈을 받고 중국 장르 문학계를 폄하할 때부터 어느 정도 타격은 예상하고 있었다. 하지만 들킬 줄은 몰랐다. 단순히 중국 장르 문학계를 폄하한 게 아니라 돈을 받고 한 행동이 들킨 순간부터 상진에게는 지옥이 시작되었다.

한국과 중국에서 악플이 비 오듯 쏟아졌고 장르 문학 작가의 인생은 완전히 끝나 버렸다. 돈이라도 전부 받았다면 억울하지 않았겠지만 일을 완료하면 받기로 했던 돈을 중화 북스에서 주기 전에 일이 잘못되는 바람에 받지 못했다. 그래서 더욱 억울하고 짜증이 났다.

"술이나 마시자."

상진은 답답한 마음을 좀처럼 달래지 못하고 주방에서 차가운 소주와 소주잔을 들고 나왔다. 그리고 소파 옆의 식탁에 소주잔을 놓고 소주를 채웠다. 이미 많이 취해 있었지만 그를 말릴 이는 없었다. 깊어가는 밤, 그는 취해서 쓰러질 때까지 술잔을 기울였다.

* * *

상진은 무너졌고 중화 북스는 큰 타격을 입었다. 덕분에 규현을 포함하여 중국에서 활동하는 한국인 작가들은 한숨을 돌릴 수 있었다. 상진 때문에 논란이 일면서 잠깐이나마 흔들렸던 최후의 흑마법사의 매출도 정상으로 돌아왔다.

잠깐 흔들렸다고는 하지만 다른 한국인 작가들이 입은 피해에 비하면 규현이 입은 피해는 전무하다고 해도 좋을 정도였다. 최후의 흑마법사가 워낙 재밌었기 때문에 좋지 않은 여론에도 불구하고 사서 읽는 독자들이 많았기 때문이었다. 정말 재밌으면 잡음이 있어도 읽게 마련이었다. 그것은 절대적인 법칙이었다.

북경 서고와 규현이 대비한 덕분에 피해를 거의 입지 않았고, 오해도 해결되자 최후의 흑마법사의 판매량은 원래대로 복구되었다. 하지만 역풍을 맞은 중화 북스는 치명적인 피해를 입게 되었다. 네티즌들은 돈에 눈이 멀어서 국가적으로 망신을 준 출판사라고 중화 북스를 매도했고 그 결과 중화 북스에서 출간하는 모든 책의 매출이 수직 하락 했다. 결국 중화 북스 사장은 특단의 조치를 취했다.

"이 모든 일은 박진성 기획팀장의 독단이며 중화 북스는 상관이 없는 일입니다. 하지만 직원 관리를 하지 못해서 이런 일을 초래하게 한 점은 깊이 반성하고 있습니다."

'꼬리 자르기'라고 하는 전형적인 책임 회피 방법이었다. 중화 북스 사장은 그나마 우호적인 태도를 취하고 있었던 인터넷 신문사를 통해 중화 북스 기획팀장 박진성에게 모든 것을 뒤집어씌웠지만 그 뻔히 보이는 수작은 사람들에게 통하지 않았다. 결국 중화 북스 사장은 다른 방법을 찾아야만 했다.

─중화 북스 측에서 협상을 제안해 왔습니다. 작가님께서 참석하시는 게 좋을 것 같은데, 언제 시간이 되시나요? 비용은 저희가 부담하겠습니다.

갑자기 걸려온 전화에서 상준이 말했다. 중화 북스 사장이 선택한 최후의 방법은 북경 서고와의 협상이었다.

"거절하면 안 되는 건가요?"

규현이 단호하게 말했다. 협상에 대해 좋은 기억이 없었기 때문에 내키지 않았다.

─다른 곳의 눈도 있고 일단 내용은 들어보는 게 좋을 것 같습니다.

"그래요?"

—네.

규현의 말에 상준은 나름 변명하긴 했지만 아마도 북경 서고는 중화 북스에서 꺼낼 협상 패를 기대하는 것 같았다. 중화 북스는 현재 큰 위기를 맞고 있었기 때문에 그들이 꺼내는 아주 먹음직스러운 먹잇감일 것이다.

"좋아요. 제가 가도록 할게요. 일정은 아무 때나 상관없으니 최대한 빨리 잡아주세요."

—일정이 잡히는 대로 다시 연락드리겠습니다.

전화 통화가 끝났다. 노골적으로 협상을 원하는 북경 서고가 다소 마음에 들지 않기는 했지만 과거에 자신의 동의도 구하지 않고 리디스 미디어와 협상한 판타지 제국에 비하면 훨씬 낫다고 규현은 생각했다.

전화 통화를 끝낸 규현은 회의실을 나왔다. 열심히 집중해서 노트북 키보드를 두드리고 있던 칠흑팔검이 분주하게 손을 움직이는 것을 멈추고 규현을 보았다.

"표정이 좋지 않아 보이시네요. 일이 잘 안 풀려요?"

표정 관리를 한다고 했지만 속마음이 얼굴에 조금 드러난 것 같았다. 규현은 다시 한번 표정을 정리하며 의자에 앉았다. 그러면서 노트북 키보드 위에 손을 올리며 입을 열었다.

"사소한 불협화음이 있긴 한데, 크게 신경 쓰이는 건 아니에요. 자, 다들 집중해서 글 씁시다."

규현은 손뼉을 치는 것으로 분위기를 환기시켰다. 그리고 글을 쓸 것을 독려하며 모범을 보이기 위해 먼저 집중해서 키보드 노트북을 두드리기 시작했다.

"오늘 저희는 일찍 퇴근해 볼게요."

지석과 먹는 남자가 퇴근을 선언하고 의자에서 일어났다. 퇴근 시간까지는 아직 조금 남았지만 그들은 사무실의 직원이 아니라 작가였기 때문에 출근과 퇴근에 있어서 자유로웠다. 그래도 사무실에 출근하는 작가들 대부분이 출근은 조금 늦게 하더라도 퇴근 시간은 어느 정도 맞추는 편이었지만 오늘 두 사람은 사정이 있는 것 같았다.

문을 열고 사무실을 나가는 두 사람의 뒷모습을 사무실 직원들은 부러운 시선으로 보며 시간을 확인했다. 작가들과 달리 편집자들은 퇴근 시간이 정해져 있었기 때문에 마음대로 퇴근할 수 없었다. 물론 일을 다 끝내면 일찍 퇴근할 수도 있겠지만 일이 많은 가람의 특성상 평균적인 퇴근 시간보다 빨리 일을 끝내는 경우는 드물었다.

"힘내자!"

가람 편집자인 석규가 스스로를 고무시키듯 외치며 노트북 키보드를 미친 듯이 두드리기 시작했다. 규현은 잠시 쉬기 위해 노트북을 살짝 밀어내고 의자 등받이에 몸을 기댔다. 그때 책상 위에 올려둔 스마트폰이 전화가 왔다는 사실을 온몸으로 표현했다. 화면을 확인해 보니 북경 서고의 상준이었다.

"여보세요."

―작가님, 북경 서고 판무기획팀 대리 유상준입니다. 별일 없으셨죠?

"네. 저는 별일 없었습니다. 이렇게 전화를 하신 걸 보니, 협상 일정이 잡혔나 봐요?"

평소처럼 규현은 단도직입적으로 용건을 물었다.

―네, 협상 일정이 잡혔습니다.

"말씀해 주세요."

규현의 말에 상준은 일정을 전달했다.

"며칠 안 남았네요."

―네.

협상을 하는 날은 며칠 남지 않았지만 한국에서 베이징으로 가는 데 오래 걸리는 것도 아니었기 때문에 상관없었다. 요즘 규현도 딱히 일정이 잡혀 있는 게 없었고 노트북을 들고 가면 어디서든 원고 작업을 할 수 있었다. 게다가 와이파이만 잡히면 다른 작가들의 스토리 교정도 봐줄 수 있기 때문에 문제는 없었다.

"그럼 최대한 빨리 중국으로 가겠습니다."

―출발하기 전에 연락 주시면 제가 마중 나가겠습니다.

통화가 끝나고 규현은 퇴근 준비를 서둘렀다.

"오빠, 벌써 퇴근하시게요?"

규현이 퇴근 준비를 서두르는 것을 본 현지가 물었다. 칠흑
팔검에 비하면 일찍 퇴근하는 편이었지만 사무실의 다른 사람
들에 비하면 늦게 퇴근하는 규현이었다. 그런데 일찍 퇴근 준
비를 서두르니 궁금할 수밖에 없었다.

"응. 사정이 생겨서 말이야. 아, 그리고 칠흑팔검 작가님, 잠
깐 드릴 말씀이 있습니다."

규현의 말에 의자에 앉아서 잠시 쉬고 있던 칠흑팔검이 일
어나 규현의 곁으로 다가왔다.

"네, 대표님."

"저 며칠 동안 중국에 다녀와야 할 것 같습니다. 그동안 사
무실을 잘 부탁드려요."

사무실 사람들은 대표인 규현을 가장 잘 따랐지만 정신적
지주나 다름없는 칠흑팔검의 말도 잘 따랐다. 그래서 규현은
가끔 긴 시간 사무실을 비울 때면 칠흑팔검에게 사무실 관리
를 부탁하고 있었다. 그는 중견 작가였고 안목도 좋았기 때문
에 가끔 규현이 바쁠 때 다른 작가들의 스토리 교정을 코치
해 주기도 했다.

"걱정하지 않으셔도 좋습니다."

칠흑팔검이 미소를 지은 채 대답했다. 그 모습에 규현은 안
심할 수 있었다. 노트북을 챙기고 가벼운 코트를 입은 그는

가방을 들고 사무실을 나섰다. 그리고 그는 곧바로 오피스텔로 향했다. 오피스텔에 도착한 간단하게 짐을 챙겼다. 중국에 며칠 있을 예정이었기 때문에 기본적인 짐은 챙겨야만 했다.

"다 챙겼나?"

규현은 마지막으로 빠진 것은 없는지 점검했다. 그리고 완벽하게 짐을 챙긴 것을 확인하자 곧바로 인천국제공항으로 향했다. 표가 없을 거라 생각했지만 다행히 비즈니스 클래스 좌석이 남아 있었다. 비행기 표를 발권한 그는 상준에게 전화를 걸었다.

"발권했습니다."

그는 발권 사실과 함께 도착 시간을 전달했다.

―예. 시간에 맞춰서 공항에서 기다리고 있겠습니다."

통화가 끝나고 근처에 앉아서 스마트폰을 만지고 있으니, 비행기 탑승 시간이 다가왔다. 그는 절차를 밟은 뒤 비행기에 탑승했다. 묘한 느낌과 함께 비행기가 이륙했고 얼마 지나지 않아서 베이징에 도착했다. 비행기에서 내려 절차를 밟고 휴게 공간으로 이동했다.

베이징 서우두 국제공항은 전통적인 분위기를 풍기고 있었다. 규현은 그 분위기를 한껏 느끼며 노트북 키보드를 두드렸다. 그리고 얼마 지나지 않아 인기척이 느껴져 고개를 드니 그곳에 상준이 있었다. 규현과 눈이 마주친 상준은 규현을 보며 미소를 지었다.

"작가님, 이동하시죠."

"저희 사장님께서 작가님과 같이 저녁을 먹고 싶다고 하시는데, 어떠세요? 불편하시면 제가 사장님께 잘 말씀드리겠습니다."

마침 저녁 시간이었다. 상준은 베이징에서 맛있기로 유명한 양꼬치 집으로 규현을 안내하며 합석을 제안했다. 조수석의 등받이에 몸을 기댄 채 규현은 잠깐 생각에 잠겼다. 북경 서고 사장은 한번 만나본 적이 있었다. 안경을 쓰고 있고 50대 초반에 점잖은 인상이었던 것으로 기억하고 있었다.

"저는 괜찮아요."

잠깐의 고민 끝에 규현은 고개를 끄덕였다. 같이 저녁 식사를 하는 것도 나쁘지 않다고 생각했다.

"그럼 사장님께 전화하겠습니다."

상준은 신호등이 붉게 빛나고 있는 틈을 타서 북경 서고 사장 주원경에게 전화를 걸었다. 원경이 전화를 받는 것과 거의 동시에 초록색 신호로 바뀌었고 멈춰 있던 차량이 출발했다. 상준은 원경에게 장소를 전달했고, 규현은 기뻐하는 원경의 목소리가 스마트폰에서 흘러나오는 것을 들을 수 있었다.

"도착했습니다."

양꼬치 집의 주차장에 도착하자 상준이 힘찬 목소리로 말하며 먼저 내렸다. 규현도 차에서 내렸고 두 사람은 식당 안으로 들어갔다. 내실을 잡고 기다리고 있으니 얼마 지나지 않아서 원경이 들어왔다. 그리고 동시에 양꼬치도 나왔다. 미리 상준이 원경에게 전화를 해서 의사를 물어보고 양꼬치를 주문했기 때문에 가능한 일이었다.

"하하하, 그동안 잘 지내셨습니까?"

양꼬치와 술이 식탁을 가득 채우자 원경이 먼저 안부를 물었다. 당연히 중국어였기 때문에 한국인인 상준이 중간에 한국어로 통역해 주었다. 원경은 규현보다 나이도 많고 북경 서고 사장이라는 낮지 않은 위치에 있음에도 불구하고 규현에게 상당히 조심스러운 모습을 보였다.

"네, 사장님도 그동안 별일 없으셨지요?"

"하하하, 작가님 덕분에 하루하루가 즐겁습니다."

규현의 물음에 원경은 가벼운 웃음을 터뜨리며 대답했다. 그 모습을 보며 규현은 양꼬치와 함께 나온 술병을 들어 올렸다.

"아이고! 이리 주세요. 제가 따라 드려야죠."

원경은 규현에게서 술병을 가져와 그의 술잔을 채워주었다. 규현도 술병을 건네받아서 원경과 상준의 술잔을 채워주었다. 세 사람의 술잔이 식탁 위에서 맞부딪혔다. 규현은 술잔을 입가로 가져가 기울였다. 중국 술에 대해 잘 모르는 규현이었지만 상당히 독하다는 정도는 알고 있었다. 마셔본 결과 듣던 대로 술은 독했다.

"할 말이 있으신 것 같은데, 편히 말씀해 보시지요."

생각보다 술이 독해서 빈 술잔을 내려다보며 눈살을 찌푸리고 있는 규현을 향해 의미심장한 눈빛을 보내며 원경이 말했다. 그의 말에 규현은 입꼬리를 끌어 올렸다. 사업을 하는 사람답게 눈치가 빠른 편이었다. 규현은 양꼬치를 집어 먹은 뒤 입가를 살짝 닦았다. 그리고 곧 그의 입이 열렸다.

"곧 있을 협상에서 제 생각을 얼마나 존중해 주실 수 있으신지 궁금해서 말이에요."

"역시 그 질문인 건가요?"

규현의 질문에 원경은 입가에 미소를 머금었다. 예상했던 질문이었다.

"역시는 역시죠."

규현은 대답과 함께 술을 한 모금 마셨다. 도수가 높아서 그런지 취기가 금방 올라오는 것 같은 기분이었다. 그는 조심스럽게 술잔을 내려놓았고 원경은 술잔을 입가로 가져갔다. 감춘다고 애쓰고 있었지만 곤란한 표정이었다.

중화 북스는 궁지에 몰려 있었다. 그렇기 때문에 이번 협상에서 구명해 주는 대가를 톡톡히 받아낼 수 있을 게 분명했다. 그래서 원경은 죽어가는 중화 북스를 살려주고 대가를 받아낼 생각이었지만 규현의 분위기를 보니 그는 중화 북스와 협상하는 것을 좋게 생각하지 않는 듯했다.

"흐음."

원경은 잠시 생각에 잠겼다. 중화 북스와 규현을 놓고 저울질하고 있는 것이었다. 중화 북스를 살려주는 것으로 그들에게서 받을 수 있는 이득과 규현과 우호적인 관계를 유지해서 얻어낼 수 있는 이득을 놓고 저울질해 본 결과, 원경은 결정을 내릴 수 있었다.

"저희는 작가님의 의견을 최대한 존중하고 있습니다. 협상에 임하는 것으로 저희는 중화 북스에 대한 예의를 지켰다고 생각합니다. 나머지는 작가님이 현장에서 모든 것을 결정하시면 됩니다."

원경은 규현을 선택했다.

＊　　　　　＊　　　　　＊

협상 날의 아침이 밝았다. 규현은 단정한 옷차림으로 호텔을 나왔다. 호텔 로비에서 상준과 합류한 규현은 주차장으로 향했다. 상준은 운전석에 탑승했고 규현은 조수석에 탑승했다.

"장소는 어디죠?"

"중화 북스 사옥입니다."

왠지 호랑이 굴로 들어가는 기분이 들었지만 규현은 가볍게 넘겼다.

"저희 측 인원의 구성은 어떻게 되나요?"

"저와 작가님이 전부입니다."

상준이 대답했다. 사실 협상팀에는 팀장급 직원이 2명 더 있었지만 얼마 전 규현과 저녁 식사를 끝낸 뒤, 원경이 인원 구성을 급히 수정한 탓에 북경 서고의 협상팀에는 규현과 상준밖에 없었다. 원경은 상준에게 적극적으로 규현을 보조하라는 지시를 내렸기 때문에 사실상 협상은 규현이 하는 것이나 다름없다고 볼 수 있었다.

"그렇군요."

"네. 사실상 작가님이 협상에 대한 전권을 가지고 계십니다. 마음에 들지 않는 부분이 있으면 가차 없이 협상을 결렬시켜도 된다고 사장님께서 말씀하셨습니다."

상준은 운전에 집중하며 말했다. 규현은 입가에 미소를 머금었다. 북경 서고가 중화 북스와 협상한다고 할 때만 해도 조금 호감도가 떨어졌었다. 그런데 이렇게 자신에게 칼자루를 쥐여주니 떨어졌던 호감이 다시 복구되었다.

"하하하."

참으려 했지만 웃음이 나왔다. 잠시 재밌는 생각이 머릿속을 스쳐 지나갔기 때문이었다. 규현은 고개를 저으며 등받이에 몸을 기대 생각에 잠겼다.

"작가님, 도착했습니다."

그가 생각에 잠겨 있는 사이 중화 북스 사옥에 도착했다. 상준은 규현에게 도착 사실을 알린 뒤 주차장에 차를 주차했다.

"정규현 작가님과 유상준 대리님이시죠? 제가 안내해 드리겠습니다."

차에서 내리기 무섭게 멀리서 지켜보고 있던 미모의 여직원이 달려와 한국어로 말했다. 발음이 정확하지 않은 것으로 보아 한국인은 아닌 것 같았다. 여직원의 안내를 받아 사옥 내부의 회의실로 향했다. 회의실에는 이미 2명의 남자가 앉아 있었다. 두 사람은 규현과 상준이 들어오기 무섭게 의자에서 일어나 고개를 살짝 숙였다.

"한 명은 중화 북스 사장입니다. 다른 한 명은 누군지 모르겠네요."

상준이 회의실에 먼저 와서 기다리고 있던 사람들에 대한 정보를 규현에게 귀띔했다. 그는 중화 북스 사장 옆에 선 남자를 몰랐지만 명함을 교환하면서 그에 대해서 파악할 수 있었다.

"중화 북스의 기획팀장인 것 같습니다. 이름은 이현이라고 적혀 있습니다."

상준이 규현에게만 들릴 정도의 작은 목소리로 말했다. 한 국어로 말하고 있었고 눈앞의 두 명은 중국인이었지만, 문 옆에 서 있는 여직원이 한국어를 할 줄 아는 중국인이었기 때문에 목소리를 작게 할 수밖에 없었다.

"기획팀장이 바뀐 모양이네요."

"그런 것 같습니다."

규현의 말에 상준이 고개를 끄덕였다. 기존의 기획팀장은 박진성이었다. 그는 최후의 흑마법사를 견제하기 위해 많은 일을 진행했지만 그 일이 뜻하던 대로 흘러가지 않으면서 해 고당하고 이현으로 교체되었다.

"시작하기 전에 할 말이 있습니다."

규현이 입을 열자 모두의 시선이 그에게 집중되었다. 특히 중화 북스 사장은 떨리는 눈동자로 규현에게서 시선을 떼지 못했다.

"저는 협상을 하러 온 게 아닙니다."

규현의 말에 중화 북스 사장과 이현이 작은 목소리로 무언가 대화를 나누었다. 아주 작은 목소리였기 때문에 상준도 듣지 못했다. 그래서 통역이 불가능했지만 대충 예상은 할 수 있었다. 협상을 한다고 와서 협상을 하러 온 게 아니라고 말했으니 좋은 이야기가 오고 가지는 않았을 것이다. 중화 북스 측의 반응이 어떻든 간에 규현은 상관하지 않고 다시 입을 열었다.

"저는 통보를 하러 온 것입니다."

규현의 충격적인 말에도 불구하고 중화 북스 사장과 기획팀장 이현은 자리를 지킬 수밖에 없었다. 지금 그들은 철저히 을의 입장에 있었다. 사실상 규현이 통보를 한다고 하더라도 거부할 수 있는 입장이 아니었다. 단 한 마디의 말로 좌중을 압도한 규현은 다시 말을 이어가기 위해 입을 열었다.

"중화 북스 내부의 작가들 중에서 이전을 원하는 작가들에 한정하여 북경 서고와 가람에 대한 계약 이전을 추진해 주시죠. 그리고 5년 동안 가람과 북경 서고에 대한 공격적인 마케팅을 불허합니다."

엄청난 통보였다. 상준도 쉽게 통역하지 못했다. 중화 북스 사장이 칼을 꺼내 들어 찔러도 이해가 갈 정도로 무리한 요구였다.

"어서 통역하세요."

서슬 퍼런 규현의 눈빛에 상준은 고개를 끄덕이며 그의 말을 중국어로 통역했다. 통역된 말을 들은 사장과 이현의 표정이 어두워졌다.

"5초 줄게요. 5초 다 세면 저 그냥 갈 거예요."

그렇게 말하며 손을 펼치는 것과 동시에 손가락 하나를 접었다.

"4."

사장과 이현이 다급하게 대화를 나누었다.

"3."

"북경 서고야 중국에 있으니, 괜찮겠지만 가람은 내가 알기로는 한국의 매니지먼트로 알고 있는데 중국에서 출판을 소화할 수 있겠나?"

"그건 제가 알아서 합니다. 2."

사장은 시간을 끌기 위해 현실적인 문제를 꺼냈지만 규현에게 통하지 않았다. 그는 가차 없이 손가락을 접었다.

"1."

"조, 좋네. 받아들이겠네."

시간의 압박 속에서 사장은 결국 두 손을 들고 말았다. 그는 규현의 요구에 따르기로 결정했다.

"사장님!"

기획팀장인 이현이 반발하듯 벌떡 일어섰다. 갑작스러운 작은 소란에 사장은 그를 지그시 보며 입을 열었다.

"앉게."

"작가들을 다 **뺏기면** 저희는 어떻게 합니까?"

"전쟁터에서 무기를 다 **뺏기더라도** 당장 죽는 것보단 낫지 않은가?"

사장의 말에 이현은 입을 열지 못했다. 대신 조용히 의자에 앉았다. 그 모습을 지켜보며 상준에게서 두 사람의 대화를 통역 받고 있던 규현은 입가에 가벼운 미소를 그렸다.

"중국에 진출할 생각인건가?"

"남자라면 세계적으로 놀아야 하지 않을까요?"

사장의 물음에 규현은 미소를 머금은 채 대답했고 상준은 준비한 계약서를 작성했다. 백지 계약서에 내용이 채워지고 규현과 중화 북스 사장의 도장이 찍혔다.

"이걸로 끝났군요. 수고하셨습니다."

규현은 망설임 없이 일어나 회의실을 나왔다. 그리고 중화 북스 사옥에서 벗어나 주차장으로 향했고 상준은 규현의 뒤를 따르면서 원경에게 전화를 걸어 결과를 보고했다. 규현이 먼저 조수석에 탑승했고 상준은 조금 있다가 운전석에 탑승했다.

"작가님."

"왜 그러세요?"

상준은 상당히 들떠 있는 표정이었다. 규현은 하품을 하며 등받이에 몸을 기댔다.

"사장님께서 상당히 기뻐하시고 계십니다. 지금 당장 만날 수 있냐고 물으시네요."

원경의 입장에서는 당연히 기분이 좋을 수밖에 없을 것이다. 강력한 경쟁자 중 하나인 중화 북스가 사실상 축소화되었을 뿐만 아니라 핵심 작가들까지 흡수하게 생겼으니 말이다. 북경 서고의 반응을 보니 역시 이렇게 하길 잘했다는 생각이 들었다.

사실 규현은 중화 북스의 모든 것을 독식할 생각이었다. 하지만 그것은 현실적으로 불가능했다. 지금 당장 가람이 중국으로 진출한다고 해도 중화 북스의 작가 전원을 소화할 역량이 없었다.

가람 자체가 매니지먼트였기 때문에 종이책 출판이 힘들었다. 그래서 전자책 활동을 주로 하는 작가들을 받아들일 수밖에 없었는데, 그럴 바에야 북경 서고와 나눠 먹으면서 그들과 우호적인 관계를 구축하고 종이책 출판 사업에 협력을 구해서 더 많은 작가들을 확보하는 게 좋다고 규현은 생각했던 것이다. 그리고 그의 예상대로 북경 서고 사장인 원경은 이 상황을 아주 반기는 것 같았다.

"마침 드릴 말도 있으니, 만나기로 하죠."

"그럼 모시겠습니다."

두 사람을 태운 차는 북경 서고 사옥으로 향했다. 사옥에 도착한 두 사람은 차에서 내려 곧바로 사장실로 향했다. 사장실 문을 열고 들어가자 원경이 규현을 아주 반갑게 맞이했다.

원경과 상준, 그리고 규현은 소파에 앉았고 여직원 한 명이 따뜻한 차를 가져왔다.

"중국에 진출하실 생각이시죠?"

규현이 찻잔을 들어 올려 입가로 가져가는 순간 원경이 말했다. 규현은 차를 마시려는 것을 잠시 멈추고 원경을 보며 입을 열었다.

"그렇습니다."

"그렇다면 저와 할 이야기가 많겠군요."

"아마도 그렇겠죠?"

두 사람은 서로를 마주보며 입꼬리를 끌어 올렸다.

"중국에 진출하신다면 일단 사무실과 직원들이 필요하겠군요."

"네, 꼭 필요하죠."

원경의 말에 규현은 고개를 끄덕이며 대답했다. 중국에서 북경 서고와 함께 사업을 시작하게 된다면 사무실과 직원이 필요했다. 그리고 사업 절차도 밟아야 했는데 규현이 외국인이었기 때문에 조금 복잡할지도 모른다는 생각이 들었다. 우선 중국에서 출판사를 설립하려면 국가의 승인을 받아야 하는데, 그 부분은 북경 서고에서 도와주기로 했으니 걱정이 없었다.

절차를 밟고 사무실을 구하는 것만큼 직원을 구하는 일도 매우 중요했다. 중국에서 사업을 시작하기 위한 절차를 밟고 사무실을 구한다고 해도 일할 직원이 없다면 의미가 없다. 더 구나 가람 사무실의 직원들은 쓸 수 없다. 그들은 중국어도 못하고 무엇보다 한국에서 직장을 다니길 원할 것이다. 그렇 기 때문에 현지에서 직원들을 고용할 필요가 있었다.

절차를 밟는 것도 귀찮았지만 베이징에서 괜찮은 사무실을 구하고 그곳에서 일할 직원들을 구하는 것도 간단하지 않았 다. 그나마 중화 북스의 작가들을 흡수하면서 자연스럽게 발 을 걸치게 되었으니 시장 진출은 어렵지 않을 것이다.

규현은 이미 전자책을 주로 출간하는 작가들을 가람에서 데려가고 종이책을 주로 출간하는 작가들은 북경 서고에서 데 려가기로 원경과 이야기를 끝낸 상황이었다. 그렇다고 해서 전자책만 출간할 것은 아니었다. 북경 서고의 사장인 주원경 으로부터 종이책 출간 사업 장기 협력을 약속받았기 때문에 종이책 출간도 어느 정도 가능했다. 물론 이 모든 게 사무실 과 직원이 확보되어야 가능한 일이었다.

"사무실은 구하셨습니까?"

"아직 구하지 못했습니다. 일단 필요한 절차부터 밟아야 할 것 같네요."

원경의 물음에 규현은 고개를 저으며 대답했다. 사무실을 구하고 직원들을 고용하는 것도 중요했지만 우선은 절차를 밟아야 했다. 그런데 그 절차라는 게 복잡했기 때문에 규현은 벌써부터 머리가 아파오는 것을 느끼고 눈살을 찌푸렸다.

"하하하, 머리가 꽤나 아프신가 봅니다?"

규현은 입가에 가벼운 미소를 머금은 채 고개를 끄덕였다. 원경도 그를 보며 미소를 지으며 입을 열었다.

"절차는 제가 도와드릴 수 있을 것 같습니다."

"정말입니까?"

규현의 두 눈이 반짝였다. 원경은 미소를 지었다.

"네. 그렇습니다. 저희 출판사에 그 분야의 전문가가 있습니다. 아마 도움이 될 겁니다."

"신경 써주셔서 감사합니다."

규현은 고개를 살짝 숙이며 감사를 표했다. 가급적이면 규현이 중국에 있는 동안에 절차를 밟아야 했고 조금 늦어진다면 중국 체류 기간을 늘릴까 생각도 했지만 생각보다 일이 쉽게 풀릴 것 같았다. 원경은 찻잔을 입가로 가져가 아직 따뜻한 차를 한 모금 마셨다. 그리고 찻잔을 테이블 위에 내려놓으며 입을 열었다.

"사무실도 저희가 도와드리겠습니다. 마침 제가 가지고 있는 사무실 중에서 비어 있는 곳이 하나 있습니다."

원경이 규현에게 호의적인 시선을 보냈다.

"감사합니다."

공짜로 임대해 준다는 것은 아니겠지만 인구가 많은 베이징에서 괜찮은 사무실을 구하는 것은 쉬운 일이 아니었다. 원경이 임대해 주기로 한 사무실을 아직 확인하지는 못했지만 그가 규현에게 가지고 있는 호의로 볼 때 괜찮은 사무실일 확률이 높았다.

"직원을 구하는 것도 도와드리겠습니다. 쉽게 구인할 수 있는 루트가 있습니다."

원경이 말했다. 그는 출판업계에서 오랜 세월 동안 일해 왔기 때문에 발이 넓었다. 인맥을 동원하면 출판사에서 일할 직원 몇 명 구하는 것 정도는 어렵지 않았다.

"2명 정도만 구해주시면 감사할 것 같습니다. 나머지는 제가 직접 구하죠."

북경 서고에 너무 의존하는 것도 좋지 않다고 생각한 규현이 자신의 의견을 말했다. 원경은 고개를 끄덕이며 찻잔을 입가로 가져갔고 규현도 차를 한 모금 마셨다. 따뜻했던 차는 이제 차갑게 식어 있었다.

찻잔을 비우자 여직원이 다가와 다시 찻잔을 채워주었고 두 사람은 상준의 도움을 받아 사업에 대한 이야기를 한참 동안이나 나누었다. 이야기가 끝날 때가 되어 시간을 확인하니까 슬슬 저녁을 먹을 시간이었다.

"저녁 식사 같이하시죠. 괜찮은 식당이 근처에 있습니다."

"네, 그러죠."

세 사람은 사무실을 나섰다. 일찍 퇴근한 사람들은 벌써 퇴근한 것인지 비어 있는 자리가 꽤 보였다. 출판사가 일이 많은 편이기 하지만 가끔 일을 비정상적으로 빨리 끝내고 일찍 퇴근하는 사람들도 있었다. 식당은 근처였기 때문에 세 사람은 걸어서 이동했다.

"백문이 불여일견이라는 말이 있죠. 사무실에 한번 가보겠습니까?"

저녁 식사가 끝나고 식당에서 나오면서 원경이 규현에게 제안했다.

"좋을 것 같네요."

규현은 고개를 끄덕였다. 미리 한번 확인하는 게 좋을 것 같았다. 만약 원경이 먼저 제안하지 않았다면 다음 날 규현이 요청했을지도 모른다. 원경의 제안을 규현이 승낙하는 것으로 인해 퇴근 시간이 연장되자, 상준의 표정이 잠시나마 굳었으나 그는 곧바로 표정을 관리했다.

"유 대리, 내가 전에 이야기했던 사무실 기억하나? 한번 가본 적이 있었지?"

"네, 기억합니다."

"그곳으로 가세."

원경의 말에 상준은 고개를 끄덕였다. 그러고는 규현을 보며 입을 열었다.

"차로 이동하시죠. 사무실은 여기서 조금 거리가 있어서 차로 이동하는 게 좋아요."

규현은 고개를 끄덕였고 세 사람은 북경 서고 사옥의 주차장에 도착했다.

"타시죠."

상준은 먼저 조수석과 뒷좌석의 문을 열었다. 규현이 조수석에 탑승하자 원경이 뒷좌석이 탑승했다. 두 사람이 차에 탑승한 것을 확인한 상준이 마지막으로 운전석에 탑승하고 시동을 걸었다. 차는 출발했고 사무실을 향해 이동했다.

상준이 운전하는 차는 30분 정도 달린 끝에 지은 지 얼마 되지 않은 것 같은 4층 건물 앞에 도착했다. 그런데 막상 주차를 하려고 보니 주차장이 상당히 복잡했다. 주차할 수는 있을 것 같았지만 꽤 고생해야 할 것 같았다. 규현은 상준을 보며 입을 열었다.

"가능하겠어요?"

"가능합니다."

상준은 그렇게 대답한 뒤 놀라운 운전 솜씨를 보였다. 복잡하게 주차된 차들 사이를 아슬아슬하게 파고 들어가서 주차를 끝마쳤다. 주차는 완벽했지만 간격이 좁아서 내릴 때 고생

해야만 했다.

"올라가시죠. 3층입니다."

원경의 안내를 받으며 3층으로 올라갔다.

"여기입니다."

원경이 잠겨 있는 사무실 문을 열고 안으로 들어갔고 규현과 상준이 그의 뒤를 따랐다. 안에는 아직 아무것도 없었지만 회의실로 보이는 공간과 탕비실로 보이는 공간이 갖춰져 있었다. 가람 한국 사무실에 비해서는 부족했지만 좁은 편은 아니었다. 마음에 들었다.

"마음에 드십니까?"

원경의 물음에 규현은 고개를 끄덕였다. 마음에 안 들 리가 없었다.

"마음에 드네요."

"내일은 절차를 밟는 것을 도와드리겠습니다."

원경은 약속을 지켰다. 다음 날, 그는 규현이 묵고 있는 호텔로 해당 분야 전문가를 보내준 것이었다. 규현은 그의 도움을 받아서 비교적 쉽게 절차를 밟을 수 있었다. 절차를 밟고 결과를 기다리는 것에 시간이 꽤 걸려서 중국에 더 체류하게 되었지만 결과적으로는 잘 처리되었기 때문에 규현은 웃는 얼굴로 한국으로 돌아올 수 있었다.

한국으로 돌아온 규현은 본격적인 중국 진출을 앞두고 사무실을 재정비했다. 재정비라고 하니까 뭔가 물갈이를 했을 것 같지만 그런 건 아니었다. 단지 서로의 각오를 다시 확인했을 뿐이었다.

"중국으로 사업을 확장하신다는 말씀이세요?"

상현이 물었다. 규현은 고개를 끄덕이자 그는 다시 입을 열었다.

"신고를 하려면 형 말고도 직원이 최소 한 명은 더 있어야 했을 텐데, 어떻게 했어요?"

"북경 서고에서 편집자를 두 명 정도 미리 소개해 주신 덕분에 절차를 밟는 데 아무런 문제가 없었어."

북경 서고의 사장 원경은 규현이 한국행 비행기를 타기 전에 두 명의 편집자를 소개해 주었다. 실력은 알 수 없었지만 규현에게 호의적인 북경 서고에서 소개해 준 인력이었기 때문에 어느 정도 기본은 잡혀 있을 것이라고 생각했다. 실제로 한 명은 5년 정도의 경력이 있는 편집자였으니 최소한의 기본은 잡혀 있을 것 같았다.

"현지에서 직원들을 구한다고 하더라도 제대로 운영하려면 관리도 하면서 다리 역할을 해줄 유능한 사람이 필요할 거에요. 그리고 한국에도 중국어가 가능한 직원이 한 명 정도는 배치되어 있을 필요가 있어요."

"아무래도 그렇게 해야겠지."

상현이 말했다. 그의 의견에는 동의하고 있었기 때문에 규현은 고개를 끄덕였다. 가람이 중국에 사무실을 열고 사업을 확장한다면 한국에 있는 규현을 대신해 관리해 줄 직원이 필요했다. 영어라면 몰라도 규현은 중국어를 전혀 하지 못하기 때문에 관리 역할의 직원은 한국어를 할 줄 알아야 했다. 그리고 한국에서도 중국의 업무를 처리하기 위해 중국어에 능숙한 직원이 한 명 더 필요했다.

"한국에서 중국어 잘하는 편집자 찾기 힘들 텐데요."

상현이 조심스럽게 우려를 표했다. 편집자를 찾는 것도 쉽고 중국어 통역사를 구하는 것도 어렵지 않지만 중국어 능력을 갖춘 편집자를 찾는 것은 쉽지 않았다.

"혹시 아는 사람 있어요?"

"잠깐만."

상현의 물음에 규현은 잠시 손을 들어 올렸다. 중국어에 능숙한 편집자, 한 명 알고 있었다. 바로 판타지 제국의 편집자인 이하은이었다. 그녀는 과거 지나가는 말로 중국어를 할 줄 안다고 말한 적이 있었다. 당시 규현이 못 믿는 듯한 모습을 보이자 중국어 시범을 보였는데 제법 자연스러웠던 것으로 기억했다.

"판타지 제국의 이하은 편집자. 그 사람, 중국어 할 줄 알
아."

"이하은 편집자는 저번에 형이 이직 제안했을 때 거절했었
잖아요."

"그랬지."

상현의 말에 규현은 고개를 끄덕이며 긍정했다. 판타지 제
국의 편집자 이하은은 과거 규현이 매니지먼트나 출판사를
차린다면 기꺼이 이직하겠다고 말한 적 있었고 규현은 그 말
을 믿고 매니지먼트를 차리기 무섭게 그녀를 찾아간 적이 있
었지만 그녀는 가람의 규모가 아직 작다며 이직 제안을 거절
했었다. 당시만 해도 가람은 판타지 제국과 비교했을 때 매우
작았기 때문에 이해할 수 있는 결정이었다.

"가람이 커지면 들어온다고 했어. 그러니까 이번에 다시 찾
아가면 고민 좀 해보지 않을까?"

"확실하게 그렇게 말했어요? 이하은 편집자님이?"

규현은 쉽게 대답하지 못했다. 하은이 확실하게 그렇게 말
했는지 기억이 정확하지 않았다. 그는 잠시 기억을 정리하다
가 고개를 저으며 스마트폰을 꺼내 들었다. 기억이 정확하지
않으면 직접 전화를 해서 확인하면 되는 것이다. 상현의 시선
이 스마트폰으로 향했다.

"실례가 되지 않을까요?"

상현의 말에 스마트폰을 터치하던 규현의 손가락이 잠시 멈췄다. 그는 상현을 향해 시선을 옮기며 입을 열었다.

"약속했으니까, 실례는 아닐 거야."

그는 입가에 가벼운 미소를 머금은 채 전화하기 위해 회의실 안으로 들어갔다. 회의실 안으로 들어온 하은에게 전화를 걸었다.

─작가님, 오랜만입니다.

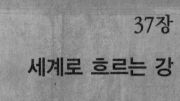

37장

세계로 흐르는 강

"네, 오랜만이네요."

오랜만에 듣는 반가운 목소리에 규현은 입가에 희미한 미소를 머금은 채 대답했다. 그녀의 목소리와 말투는 사무적이었지만 이미 그녀와 함께 일하면서 익숙해진 규현은 변함없는 그녀의 모습이 더욱 반갑게 느껴졌다.

—그런데 무슨 일이시죠?

아니나 다를까 그녀는 자신에게 전화를 건 이유를 먼저 물었다. 규현은 참으로 그녀답다는 생각을 하며 창문을 열었다. 열린 창문으로 가을의 찬 바람이 불어왔다.

"음… 글쎄요. 제가 왜 전화를 했을까요?"

─작가님이나 저나 잡설이 긴 것을 싫어하지 않습니까? 본론을 말씀해 주시죠.

하은의 말에 규현은 미소를 지으며 입을 열었다.

"가람으로 오시죠. 대우는 잘해 드리겠습니다."

규현이 용건을 꺼냈다. 가람 초기에 이직을 권유했을 때와는 달리 하은은 쉽게 거절의 말을 꺼내지 못했다. 과거와는 달리 지금은 가람이 많이 성장했기 때문에 아주 매력적인 제안이 되어버린 탓이었다. 현재 가람은 한국의 많은 장르 문학 매니지먼트 중에서도 손에 꼽을 수 있을 정도로 영향력 있었다.

─저보고 가람에서 일을 하라는 말씀이신가요?

잠시간의 침묵이 있었다. 그리고 그 침묵을 깨고 그녀는 조심스럽게 말했다. 그런 그녀의 태도에 규현은 입꼬리를 끌어올렸다. 가람과 함께 일할 마음이 없지는 않은 것 같았다.

"네, 저와 함께 일을 하자는 말입니다."

─조건을 말해주시죠. 만약 조건이 판타지 제국과 비슷하다면 저는 직장을 옮길 이유가 없습니다.

그녀의 말은 틀리지 않았다. 과거에 비해서 가람이 많이 커지긴 했지만 판타지 제국에 비하면 규모는 아직도 작았다. 때문에 하은의 입장에서는 근무 조건이 비슷하다면 옮길 이유가 없었다. 그래도 가람의 규모가 과거에 비해 커졌기 때문에 하은이 조건이라도 묻는 것이었다. 과거, 가람 초기에 제안을 했을 땐 그녀는 바로 거절 의사를 표했었다.

"편집기획 실장 자리가 비어 있습니다."

편집팀장은 칠흑팔검이 맡고 있었고 기획팀장은 공석이었지만 사실상 규현이 기획팀장이 해야 할 업무를 다 처리하고 있었다. 따라서 남는 자리는 기획팀과 편집팀을 총괄하는 편집기획 실장이었다.

─작가님, 직위도 좋지만 더 중요한 게 있다고 생각합니다.

하은이 말했다. 아마도 연봉을 물어보는 것 같았다. 규현은 미소를 입에 머금었다. 연봉에 대해서는 미리 생각해 둔 게 있었다.

"연봉은 아마 지금 하은 씨가 받고 있는 것보다 두세 배 정도 지급하게 될 것 같습니다."

하은이 받는 연봉이 얼마인지 정확하게는 몰랐지만 출판업계에서 편집자가 받는 연봉은 대개 비슷했다. 게다가 가람은 규모에 비해 자금력이 아주 탄탄했다. 소속 작가의 수는 결코 많다고 할 수 없었지만 규현이 고르고 고른 작가들인 만큼 하나같이 정예였다.

그들은 대부분 문학 왕국에서 뛰어난 성적을 보이고 있었다. 그리고 다른 전자책 판매 사이트에서도 나름 활약을 하고 있었기 때문에 작가 수에 비해 벌어들이는 매출이 엄청났다. 그래서 자금적인 면에서는 여유로웠다.

─정말이십니까?

"물론입니다."

하은의 목소리가 살짝 떨리고 있었다. 보통 편집자의 월급은 분명 많은 편이 아니었지만 하은이 일하고 있는 출판사는 판타지 제국이었고 그녀는 경력자이니 연봉은 그렇게 적지 않을 것이다. 일반 편집자 연봉의 두세 배도 많은데 하은의 연봉에서 두세 배라면 상당한 액수였다.

그것을 잘 알기 때문에 하은은 믿기지 않는다는 목소리였지만 규현이 그렇게 많은 연봉을 제시한 데엔 이유가 있었다. 바로 하은이 꼭 필요하기 때문이었다. 중국 사무실을 한국에서 효과적으로 관리하기 위해서는 편집 능력이 있고 경영학과 출신에다가 중국어 능력까지 출중한 하은이 꼭 필요했다.

"일단 만나서 이야기하는 게 좋을 것 같은데… 언제 시간이 되시죠?"

─오늘은 제가 많이 바쁩니다. 퇴근 이후가 아니면 시간이 안 될 것 같네요.

"퇴근은 언제입니까?"

편집자의 퇴근 시간은 불규칙하기 때문에 확실히 확인해야만 했다.

—오늘은 7시 정도로 예상됩니다.

"알겠습니다."

하은의 말에 규현이 대답했다. 7시면 가람 편집자들에 비해선 늦게 퇴근하는 편이지만 출판업계에 종사하는 편집자 전체를 보면 많이 늦는 것은 아니었다. 매일은 아니지만 9시 넘어서 퇴근하는 편집자도 가끔 있었다.

"그럼 나중에 다시 문자메시지로 장소를 정하도록 하죠."

—알겠습니다.

오후 6시가 되자 약속 장소가 정해졌다. 판타지 제국 사무실 근처에 있는 카페였다. 약속 시간이 가까워지자 규현은 약속 장소로 향했다. 근처의 주차장에 차를 주차하고 난 뒤 규현은 약속 장소로 향했다.

"안녕하세요, 작가님. 일찍 오셨네요."

약속 시간보다 일찍 왔음에도 불구하고 하은이 먼저 와 있었다. 규현을 발견한 그녀는 자리에서 일어나서 고개를 살짝 숙였다. 규현은 커피나 아이스티를 주문하지 않고 곧장 그녀의 앞에 앉았다. 그리고 두 사람은 본격적으로 이직 조건에 대해 대화를 나누었다. 다행히 하은은 연봉에 욕심이 크게 없는 편이었고 판타지 제국보단 높지만 적당한 연봉을 제시하자 조금 망설이는 모습을 보였지만 결국 가람에 합류하기로 결정했다.

"그럼 제가 해야 할 일은 뭐죠? 그렇게 많은 연봉을 주는데 단순히 편집과 기획만 맡기실 거라곤 생각하지 않습니다."

간단한 협의가 끝나자 하은이 물었다. 그녀는 눈치가 빠른 편인 데다 이렇게 많은 연봉을 받으면서 단순히 편집과 기획만 맡게 될 것이라고 생각하지 않았다. 추가 업무가 당연히 있을 것이라고 생각했고 그녀의 추측은 어느 정도 맞았다.

"예전에 하은 씨가 중국어를 할 줄 아신다고 하셨죠? 기억하시나요?"

규현의 물음에 하은은 고개를 끄덕였다. 분명 그런 말을 한 적이 있긴 했다. 다만 그녀는 규현이 지금 이 이야기를 꺼내는 이유를 알 수 없었다. 가람이 중국 진출을 계획하고 준비하고 있다는 사실은 아직 출판업계에선 비밀이었다.

"네, 제가 분명 그런 말은 하긴 했죠."

"그때 중국어 하시는 거 들어보니까 꽤나 잘하시는 것 같던데, 정확히 수준은 어느 정도입니까?"

"쉽게 설명하자면 지금 당장 중국에서 회사 생활이 가능할 정도입니다."

"그렇군요. 그 정도면 충분할 것 같습니다."

하은의 설명에 규현은 만족스러운 표정으로 고개를 끄덕였다. 중국에서 회사 생활이 가능할 정도면 충분했다. 규현은 궁금한 표정을 짓고 있는 하은에게 전후 사정을 설명했다. 가람이 중국으로 사업을 확장할 것이고 한국에서 중국 사무실을 관리해 줄 직원이 필요하다고 설명하자 하은은 고개를 끄덕였다.

"그렇다면 납득이 가네요."

"할 수 있겠죠?"

"내일 그만둔다고 말하겠습니다."

규현의 물음에 하은은 입가에 미소를 머금은 채 대답과 함께 고개를 끄덕였다. 이것으로 하은이 가람에 합류 의사를 완전히 밝혔고 어느 정도 시간이 지난 뒤 그녀는 가람 사무실에 출근했다. 하은이 합류하자 규현은 본격적으로 움직이기 시작했고 마침내 중국 출장이 결정되었다.

대리인을 보내는 것보단 규현이 직접 면접을 보는 게 좋다고 판단한 것이다. 이미 면접 대상자 15명도 확보되어 있었고, 북경 서고에서 소개시켜 준 2명의 편집자 외에도 2명을 더 뽑을 예정이었다. 그리고 기획자 2명과 한국어가 가능한 경영팀장 한 명도 뽑을 생각이었다.

경영팀장은 하은과 함께 가람 중국 사무실을 관리하게 될 것이다. 사실 대부분의 업무는 경영팀장이 하기 때문에 하은이 할 일은 많이 없었다. 그저 혹시 모를 부정부패를 방지하기 위해 관리자를 2명으로 둔 것뿐이었다. 그리고 하은의 주된 업무는 규현이 가끔 중국에 출장 갈 때 옆에서 도와줄 보조였다. 경영팀장은 바쁘니까 늘 함께할 수 없을 것이다. 그러니 보조자가 한 명 정도 필요했다.

"오빠! 하은 씨와 단둘이 출장이라니 그게 무슨 소리예요!"

하은과의 출장 일정이 공개되고 현지가 항의하듯 말했다.

"왜 그래? 단순한 출장인데……."

규현은 현지가 이런 반응을 보이는 것을 이해할 수 없었다. 그래서 이해할 수 없다는 표정을 짓자 그 모습을 본 현지는 이를 살짝 악물었다. 어딘가 모르게 상처받은 듯했다.

"차라리 저를 데려가시면 안 되나요?"

"왜 갑자기 억지야. 너 중국어 못하잖아."

"그래도……."

규현의 일침에 현지는 풀이 죽어서 고개를 숙였다. 만약 그녀가 중국어를 잘한다면 하은을 고용할 일도 없었을 것이다. 규현은 고개를 저으며 짐을 챙기고 코트를 입었다. 지은과의 약속이 있었기 때문에 조금 일찍 퇴근할 생각이었다.

"먼저 퇴근하겠습니다."

"네."

"수고하셨습니다."

그는 눈물을 글썽이는 현지를 뒤로하고 지은을 만나기 위해 발걸음을 옮겼다. 얼마 지나지 않아서 약속 장소에 도착한 그는 지은을 만날 수 있었다. 늘 일찍 다니는 지은이 걱정되어서 평소보다 일찍 움직였음에도 불구하고 지은은 약속 장소에서 먼저 기다리고 있었다.

"오빠!"

규현을 발견한 지은이 그에게로 달려왔다. 주인을 오랜만에 만난 강아지 같은 반응이었다. 규현은 '꼬리가 있으면 미친 듯이 흔들고 있지 않을까?'라고 한번 생각해 봤다. 지은과 강아지 꼬리는 은근히 잘 어울릴 것 같았다. 강아지 귀와 꼬리가 달린 지은의 모습을 무심코 상상해 버린 규현은 입가에 미소를 머금은 채 고개를 저었다.

"오빠, 왜 그러세요?"

지은의 물음에 규현은 다시 현실로 돌아올 수 있었다.

"아무것도 아니야. 저녁 먹으러 가자."

규현은 지은을 데리고 근처의 식당으로 갔다. 저녁을 먹으면서 대화를 나누다 보니 자연스럽게 중국 출장과 관련된 이야기가 나왔다.

"또 중국 출장 가세요?"

"응. 이번에 중국으로 사업을 확장할 생각인데, 직원들이 필요해서 말이야. 직접 면접을 보고 뽑는 게 좋을 것 같아서 말이야."

"이번에도 혼자 가시는 거예요?"

"아니, 이번에는 우리 직원이랑 같이 가."

지은의 물음에 규현은 동행이 있다는 사실을 밝혔다. 그 말에 지은의 두 눈이 빛났다.

"여자예요?"

지은이 질문했다. 그녀는 규현을 좋아하고 있었다. 출장에 동행하는 직원이 있다면 성별이 궁금한 것은 당연한 일이었다. 물론 여기까지는 충분히 이해할 수 있었다.

"응, 여자야. 이하은 씨라고 이번에 새로 들어온 편집자인데, 중국어를 할 줄 알거든. 그래서 같이 가기로 했어."

딱히 숨겨야 할 이유도 없었기 때문에 규현은 솔직하게 말했다.

"그렇군요. 잘 다녀오세요, 오빠."

하은과 출장을 간다는 사실을 알게 된 후 현지가 보였던 반응과 지은이 지금 보인 반응은 완전히 달랐다. 현지는 어린아이처럼 응석을 부렸지만 지은은 평범하게 반응했다. 나이는 같았지만 지은이 훨씬 정신적으로 성숙했다.

여자와 함께 외국에 간다는 사실에 주목한 현지와 달리 지은은 규현이 중요한 일 때문에 출장을 간다는 사실에 더 주목했다. 게다가 이런 일은 지은의 회사에서도 종종 있기 때문에 여자와 외국에 나가는 것 정도는 아무것도 아니라고 생각했다.

그래도 규현을 좋아하고 있기 때문에 솔직한 마음으로는

아주 조금의 불안감이 있긴 했지만 그 감정은 그렇게 중요하진 않았다. 규현을 사랑한다면 그 사람에게 걸림돌이 되어선 안 된다고 그녀는 생각했다.

규현은 하은과 함께 베이징으로 향했다. 하은이 중국어를 할 줄 알았기 때문에 많은 도움이 되었다. 베이징 서우두 국제공항에 도착한 규현과 하은은 공항버스를 이용해 면접 장소인 가람 중국 사무실 근처까지 이동했다. 그리고 택시를 이용해 사무실에 도착할 수 있었다.

"여긴가요? 생각보다 넓네요? 베이징 중심부이기도 하고……. 하지만 임대료가 비쌀 것 같은데요?"

하은의 말에 규현은 고개를 끄덕이며 입을 열었다.

"북경 서고에서 시세보다 싸게 임대해 주었어요."

북경 서고에서 제시한 임대료는 생각보다 저렴했다. 나중에 규현이 따로 비슷한 조건의 임대료를 알아보았는데, 북경 서고에서 제시한 임대료에 비하면 아주 비싼 편이었다. 그래서 규현은 북경 서고에 너무 신경 써주지 않아도 좋다는 의사를 전달했지만 북경 서고의 사장 주원경은 어차피 놀고 있던 사무실이라면서 써주면 좋겠다는 뜻을 거듭 전했다.

"보통은 아무것도 없는데, 기본적인 건 갖춰져 있네요."

"아마 북경 서고에서 제공한 것 같습니다. 제가 처음 왔을 때는 아무것도 없었어요."

규현이 처음 왔을 때와는 달리 사무실에는 테이블과 의자가 있었다. 테이블은 회의실에 놓여 있었고 의자는 회의실 안팎에 제법 많이 비치되어 있었다. 책상이 없어서 당장 사무실에서 일하는 건 무리지만 면접을 진행하는 데 있어서 순조로울 것 같았다.

규현의 예상대로 테이블과 의자들은 북경 서고에서 제공한 것이었다. 얼마 전에 규현이 한국으로 귀국하기 전에 원경은 그에게 면접을 어디서 할 예정이냐고 물었다. 그때 규현은 아무 생각 없이 사무실에서 면접을 진행할 것이라 말했었고 원경은 아무것도 없는 사무실에서 면접을 진행하기 힘들다고 생각해서 최소한의 설비를 갖춰놓았다.

원경은 사실 사무용 가구를 배치하는 김에 사무실을 운영하는 데 필요한 다른 것도 배치하려고 했었지만 규현이 부담스러워할 게 분명하다고 생각한 상준이 그를 말렸다. 당시 원경은 아쉬워했지만 상준의 의견도 일리가 있었기 때문에 그만두었다고 한다.

"덕분에 저희가 따로 준비할 건 없네요."

"네, 그렇게 되었네요. 미리 이야기하는 것을 깜빡했습니다."

하은의 말에 규현은 고개를 끄덕이며 근처에서 접이식 의자를 하나 가져와 앉았다. 북경 서고에서 미리 의자를 마련해 놓았다는 사실을 둘에게 전달하는 걸 깜빡했기 때문이다.

"이제 뭘 할까요?"

하은이 물었다. 규현은 가방에서 면접을 볼 사람들의 이력서를 꺼냈다.

"이력서 검토나 하고 있죠."

"하지만 이미 이력서의 검토를 거의 끝낸 상태라……."

면접을 보기 전에 당연히 이력서를 검토할 필요가 있었다. 하지만 규현과 하은은 이미 비행기 안에서 어느 정도 이력서를 검토했다. 그래서 이력서를 다시 검토하더라도 시간이 많이 남을 것이다.

"그렇다면……."

규현은 주머니에서 스마트폰을 꺼내며 두 눈을 빛냈다.

"스마트폰 게임을 하는 수밖에 없겠군요."

"이력서를 마저 검토하겠습니다"

하은은 한숨을 쉬며 이력서를 정돈한 뒤 테이블 위에 올려놓았다. 그녀는 게임을 좋아하는 편이 아니었다. 하은이 이력서를 재검토할 동안 규현은 스마트폰으로 나이츠를 즐겼다. 5인 던전을 두 번 정도 돌고나니 면접을 볼 사람이 하나둘씩 사무실 안으로 들어왔다. 면접 시간까지 아직 한참 남았지만 일찍 다니는 모습을 보니 기분이 나쁘지는 않았다. 규현은 그들을 하은이 배치해 놓은 접이식 의자에 차례대로 앉혔다.

"대표님, 이제 게임은 그만하시는 게 좋을 것 같네요."

"그렇지 않아도 그만하려고 했어요."

규현은 게임을 종료하고 바로 앉았다. 그리고 이력서를 자신의 앞으로 가져왔다. 하은이 첫 번째 차례인 3명의 이름을 차례대로 부르는 것으로 면접이 시작되었고, 저녁 시간이 되어서 끝이 났다.

"마음에 드는 사람은 있으셨어요?"

사무실 근처 편의점에서 사 온 도시락을 먹으며 하은이 물었다. 규현은 가방에서 이력서를 꺼내 들었다. 그리고 따로 표시를 해두지 않은 이력서들을 옆으로 치웠다. 그리고 남은 이력서 4장을 그녀에게 건네주었다. 규현에게서 이력서를 건네받은 하은은 이력서를 유심히 살폈다.

"문제없죠?"

규현의 물음에 하은은 고개를 끄덕였다.

"네. 경력자와 신입도 적당히 섞여 있고 훌륭한 선택인 것 같습니다. 그런데 경영팀장을 뽑지 않으셨네요?"

"딱히 마음에 드는 사람이 없네요."

규현이 가람 중국 사무실의 일에 관여한다고 해도 그는 대부분의 시간을 한국에서 보낼 것이기 때문에 그가 신경 쓰기 힘든 일은 분명 존재한다. 그리고 그것을 해결해 줄 사람이 경영팀장이었다. 그래서 아무나 뽑을 수 없었다.

"제가 보기에도 유능해 보이지 않네요."

원활한 업무 교류를 위해 경영팀장에는 반드시 한국인이거나 한국어 실력이 뛰어나야 한다는 제한을 부여했었다. 그래서 경영팀장에 지원한 3명 중 2명이 한국이었고 1명은 한국어를 할 줄 아는 중국인이었는데 못 미더웠다.

2명의 한국인 지원자 중 한 명은 경력이 부족했고 한 명은 인간성에 심각한 결함이 있는 것 같았다. 그리고 중국인 같은 경우엔 모든 것이 한국인 지원자 2명에 비해 뛰어났지만 업무보고를 하기엔 한국어 실력이 부족해서 업무 교류가 원활하지 않을 것 같았다.

"그럼 이제 어떻게 할 생각이세요?"

"일단 경영팀장을 뽑을 때까진 사무실을 운영하지 않을 생각입니다."

"그러면 중국에서 계속 머무를 생각이신가요?"

"아뇨, 그건 아니에요."

하은의 물음에 규현은 고개를 저으며 대답했다. 사무실 일도 있었고 밖에서 원고 작업을 하는 것도 꽤 불편했기 때문에 언제까지 중국에 체류할 수 없었다. 일단은 한국에서 재정비를 하면서 다시 지원자를 모은 뒤 중국으로 이동해서 면접을 볼 생각이었다.

"일단 한국으로 돌아가서 재정비해야 하지 않을까요. 새로 뽑죠."

용무를 끝낸 두 사람은 서둘러 귀국했고 추가 지원자를 모집했지만 이력서부터 마음에 들지 않는 사람들이 대부분이었다. 규현의 한숨은 깊어져만 갔다. 한국으로 돌아오고 일주일의 시간이 지났을 때 규현은 답답함을 참다못해 술로 달래야 겠다고 생각했다.

호프집에 도착한 규현은 연락처를 뒤져 동석할 사람을 찾았다. 하지만 상현은 마침 바쁜 시기가 찾아와서 부를 수 없었고, 다른 사람들도 사정이 겹쳐서 올 수 없다고 했다. 결국 규현은 지은을 불렀다. 그녀는 회사 생활로 바빴지만 마침 퇴근 후라서 여유가 조금 있었다. 그녀는 규현과 함께 술잔을 기울이기 위해 그가 있는 호프집으로 향했다.

"갑자기 불러서 미안해."

지은이 앞에 앉자 규현이 미안한 얼굴로 말했다. 지은은 입가에 미소를 머금은 채 고개를 저었다.

"괜찮아요, 오빠."

갑자기 나오게 되었지만 규현과 시간을 보내게 된 지은은 마냥 기분이 좋았다. 그녀는 규현의 빈 잔에 맥주를 채워주며 입을 열었다.

"힘든 일 있으세요?"

"힘든 건 아니고, 그냥 일이 생각했던 것처럼 잘 풀리지 않아서 그래."

규현은 맥주를 한 모금 마셨다. 지은도 맥주를 입가로 가져가서 한 모금 마셨다.

"저한테 한번 말해보세요. 좋은 방법이 있을 수도 있잖아요. 그리고 방법이 없다고 하더라도 털어놓으면 훨씬 편해질 거예요."

지은의 말에 규현은 지금 상황에 대해 설명했다. 그러자 지은의 표정이 밝아졌다.

"오빠, 제가 아는 사람 중에서 중국에서 살고 있는 언니가 있어요. 중국에서 꽤 괜찮은 대학교를 나왔고, 아마 전공도 경영이었던 걸로 기억해요."

"한국어 실력은?"

지은의 말에 규현의 두 눈이 반짝였다. 그녀의 말이 사실이라면 한국어만 뛰어나다면 경영팀장에 적합한 인물이었다. 장르 문학계와 접점이 없는 것 같아서 그 점이 조금 아쉬웠지만 그건 시장을 분석시키면서 업무에 익숙해지게 하면 되는 것이었다.

"한국인이에요. 그렇게 어린 나이에 중국에 가서 산 게 아니라서 한국어는 당연히 잘하고 중국어도 잘해요."

"지금 중국에 계서?"

"마침 한국에 있는 가족들 보러 왔는데 제가 연락하면 바로 만날 수 있을 거예요."

지은의 말에 규현의 얼굴이 밝아졌다. 그의 얼굴이 밝아지니 지은도 기분이 좋아지는 것을 느꼈다. 그녀의 얼굴도 밝아졌고 규현은 그녀를 보며 입을 열었다.

"최대한 빨리 약속을 잡아줘."

"네, 오빠."

*　　　　　*　　　　　*

며칠 뒤 규현은 지은이 말한 '아는 언니'라는 사람을 만나기 위해 한국대학교 근처의 카페에서 지은과 함께 그녀를 기다렸다. 아이스티를 마시면서 기다리니 약속 시간 5분 전에 그녀가 나타났다. 깔끔한 정장과 비슷한 스타일의 옷을 입고, 포니테일 헤어스타일에 안경을 낀 그 모습은 몇 가지를 제외하면 하은과 판박이였다.

"안녕하세요. 지은아, 네가 말한 그 사람이니?"

지은이 고개를 끄덕이자 그녀는 규현을 보며 고개를 살짝 숙이며 입을 열었다.

"안녕하세요, 유민주라고 해요."

"네, 반갑습니다."

"이력서 드릴게요."

"부탁합니다."

민주는 가방에서 이력서를 꺼냈다. 지은의 소개를 받았긴 하지만 이력서 확인은 필요했다. 민주는 테이블 위에 이력서를 꺼내놓고 그것을 규현에게 살짝 밀어주었다. 규현은 이력서를 확인했다. 그녀는 중국에서 꽤 유명한 대학에서 경영학을 전공했다. 그리고 중국어 능력 시험 점수도 꽤 높았다.

장르 문학과 접점이 거의 없는 게 흠이었지만 그것은 크게 중요하지 않았다. 아무래도 장르 문학과 관련된 일을 하기 때문에 장르 문학에 관심이 많으면 큰 도움이 되겠지만 그렇지 않다고 해서 문제가 되는 것은 아니었다.

장르 문학에 대해 전문 지식을 가지고 있는 직원은 기획팀 정도면 충분했다. 이미 기획팀장과 기획자를 장르 문학에 관심이 많은 업계 경력자로 뽑았기 때문에 걱정은 없었다. 그들이 민주를 잘 서포트해 줄 것이다.

"혹시 장르 문학을 접해본 적 있나요?"

혹시나 싶어서 규현은 그녀에게 질문했다. 민주는 입가에 미소를 머금은 채 입을 열었다.

"가끔 읽어본 적은 있어요."

"그렇군요."

다행히 그녀는 장르 문학에 전혀 관심이 없는 것은 아니었다. 아무래도 장르 문학에 어느 정도 관심이 있는 편이 일에 대해 열정을 가질 수 있을 것이라 규현은 생각하고 있었다.

"중국에 언제 돌아가시나요?"

"다음 주 월요일에 돌아가요."

"그러면 수요일부터 출근 가능하시겠어요?"

조금 이른 감이 있기도 했지만 규현은 중국 사무실을 빨리 활성화시키고 싶었다. 북경 서고에서 저렴한 가격에 임대해 주었다고는 하지만 이미 사무실은 임대한 상태였고 시간은 흐르고 있었다.

"네, 가능할 것 같아요."

그녀가 곤란해하면 어떻게 할까 생각을 했지만 다행히 민주는 긍정적인 반응을 보였고 규현의 입가에 미소가 그려졌다.

"다행이네요. 그러면 수요일에 출근 부탁하겠습니다. 다른 직원들에게도 연락해 두겠습니다."

현재 다른 직원들, 그러니까 면접 합격자들에겐 언제든지 출근할 수 있도록 대기해 달라고 부탁해 둔 상태였다. 다음 주 수요일이면 일주일 가까이 시간이 남아 있으니 지금 통보한다면 준비할 시간은 충분할 것이다.

11월이 되었다. 민주는 중국으로 돌아가 가람 중국 사무실에 출근했다. 그녀가 출근하는 것을 시작으로 다른 직원들도 하나둘씩 출근했고 민주는 첫날의 출근 현황을 규현에게 자세하게 메일로 보고했다. 첫날이라 그런지 지각한 사람은 한 명도 없었다.

─대표님, 합류한 작가들 중 네 명 정도가 차기작을 종이책으로 출간하길 원하고 있어요.

점심시간이 지나자 민주가 국제전화를 이용해 보고했다.

"너무 많은 것 같은데요."

종이책 출간이 가능한 북경 서고와 출간 협력을 계약했기 때문에 종이책 출간이 불가능한 것은 아니었다. 하지만 아무래도 가람은 매니지먼트고 전자책 출간이 메인을 이루고 있기 때문에 한계가 있었다.

─네, 그래서 줄여야 할 것 같아요.

민주가 말했다. 규현은 그녀가 업무에 쉽게 적응할 수 있도록 상현에게 관련 자료를 정리해서 넘겨주라고 했었고 그는 민주에게 정리된 자료를 넘겨주었다. 그것을 기반으로 매니지먼트 업무에 순식간에 적응한 그녀는 종이책 출간에 집중할 수 없는 현재 상황을 바로 꿰뚫어 보았다.

"민주 씨는 우선 종이책 출간을 원하는 작가들 프로필과 원고를 보내주세요."

─가려내시려고요? 하지만 중국어예요. 번역하려면 시간이

많이 걸릴 것 같은데요.

민주의 말대로 규현은 중국어를 하지 못했지만 규현은 입가에 미소를 머금었다. 중국어를 못해도 확인하는 방법이 있었다.

"여긴 하은 씨가 있잖아요. 중국어 원고도 검토가 가능해요. 작가들 프로필만 제가 읽을 수 있게 한글로 보내주시면 됩니다."

─네, 그렇게 할게요. 조금만 기다려 주세요.

전화 통화가 끝나고 얼마 지나지 않아서 민주에게서 메일이 도착했다. 종이책 출간을 원하는 작가들의 프로필과 원고였다. 아직 문학 왕국을 통해 외국어로 된 원고의 스탯을 확인해 본 적은 없었기 때문에 실험이 필요했다. 만약 시도해서 안 된다면 하은에게 검토를 맡기면 될 것이다. 그녀는 중국어도 가능했고 원고 검토 경험도 풍부했다.

'일단 확인해 보자.'

규현은 확인을 위해 중국어 원고를 문학 왕국에 올려보았다. 중국어라서 그런지 종합 등급은 괜찮은 편이었지만 예상 구매 수는 0에 가까웠다. 종합 등급만으로도 판단할 수 있었지만 유감스럽게도 프로필상 작가 전원의 등급이 B였다. 좀 더 자세한 정보가 필요했다. 그는 열심히 일을 하고 있는 하은의 옆으로 다가갔다.

"하은 씨?"

"네, 대표님. 무슨 일이시죠?"

노트북 키보드를 바쁘게 두드리던 그녀의 손이 멈췄다. 그녀는 고개를 들어 규현을 보았다.

"혹시 중국에 문학 왕국과 비슷한 인터넷 연재 사이트가 있습니까?"

"예. '장르인'이라는 사이트가 하나 있습니다. 문학 왕국과 결제 방식도 상당히 비슷하고 여러 가지로 비슷합니다. 그런데 갑자기 왜 그러세요?"

"그냥 확인해 보고 싶은 게 있어서요."

규현은 대충 둘러대고는 자리로 돌아갔다. 그리고 번역기의 힘을 빌려 장르인에 접속하여 회원 가입 했다. 다행히 이메일만 있으면 쉽게 가입이 되는 구조였기 때문에 한국인인 규현도 쉽게 가입할 수 있었다.

장르인도 문학 왕국처럼 비밀 글 설정하는 게 있었고 규현은 비밀 글로 원고를 모두 올려보았다. 그리고 비교했다. 그 결과 '마공'이라는 필명을 쓰는 작가의 차기작이 예상 구매수가 가장 높게 나왔다.

작가 스탯은 다른 작가가 더 높았지만 중국에 진출한 가람의 첫 종이책 출간이 되기 때문에 잠재력이 높은 작가보다는 지금 어느 정도 실력을 발휘하고 있는 작가의 작품을 종이책으로 내는 게 좋다고 생각했다. 규현은 스마트폰을 꺼내 민주에게 전화를 걸었다.

"민주 씨, 검토해 본 결과, 마공 작가의 차기작을 종이책으로 먼저 출간하는 게 가장 좋다고 생각되네요."

─저희 기획팀장 의견도 대표님이랑 같으니, 바로 진행하도록 하겠습니다.

"네, 그렇게 진행해 주세요."

전화 통화가 끝나자 규현은 문서 작성 프로그램을 열고 최후의 흑마법사 원고 작업에 임했다. 최후의 흑마법사는 다른 작품에 비해 원고 작업 시간이 길었다. 최근 여러 가지 일이 겹쳐 원고 작업을 많이 미뤘기 때문에 평소 규현답지 않게 마감까지 조금 위태로운 상황이었다.

열심히 노트북 키보드를 두드리던 그는 잠시 손을 멈추고 탕비실로 향했다. 그리고 냉장고에서 고(高)카페인 에너지 음료수를 꺼내 마셨다. 순식간에 빈 캔으로 만들어 쓰레기통에 던진 뒤, 그는 의자에 앉아 미친 듯이 글을 썼다. 그러다 중요한 메일의 도착을 알리는 스마트폰의 알림음에 잠시 문서 작성 프로그램을 최소화시키고 나이버에 접속해 메일을 확인했다.

[안녕하세요, 작가님. 교토 북스입니다. 기사 이야기 정식 일

본어판 7권과 최후의 흑마법사 정식 일본어판 1권이 출간되었습니다. 그리고 10월 말 기사 이야기 판매 부수가 75만 부를 넘겼습니다. 이 기세라면 12월 말까지 100만 부를 무난하게 팔수 있을 것 같습니다. 올해는 100만 부를 넘을 것 같은 작품이 거의 없으니 이변이 없는 한 올해의 라이트노벨은 기사 이야기가 될 것입니다. 축하드립니다. 그리고 마지막으로 작가님의 의견을 여쭙고 싶은 게 있습니다. 고소한 악플러들에 대한 합의는 어떻게 생각하시는지요? 저희는 작가님의 뜻에 따를 것입니다. 그리고 바람이 찹니다. 감기 조심하세요.]

교토 북스에서 정기적으로 보내는 일종의 보고서와 같은 메일이었다. 평소처럼 규현을 배려해 한국어로 작성되어 있었고 내용은 기사 이야기 정식 일본어판 7권과 최후의 흑마법사 정식 일본어판 1권에 대한 내용이 대부분이었다.

교토 북스의 메일에 의하면 기사 이야기 정식 일본어판은 누적 판매 부수가 75만 부를 넘고 있었다. 이제 막 7권이 출간되었는데 75만 부 판매를 달성했다는 것은 상당히 긍정적인 일이었다. 이로 인해 12월 말에 발표되는 올해의 라이트노벨에 선정될 가능성이 아주 높아졌다. 교토 북스에서 보낸 메일 내용으로 볼 때 경쟁 작품은 별로 없는 것 같았다.

[감사합니다. 순항하고 있는 것 같아서 다행입니다. 그리고 악플러들과의 합의 문제 말입니다만, 저는 합의할 생각이 없습니다. 그렇게 알아주시면 감사하겠습니다.]

규현은 교토 북스에 짧은 내용의 답장을 보냈다. 그리고 다시 최후의 흑마법사 원고 작업에 집중했다. 보내야 할 분량을 쓰고 전송까지 끝낸 그는 다른 문서 파일을 열었다. 기사 이야기 개정판 원고였다.

"후우!"

깊은 한숨을 내뱉으며 규현은 기존의 기사 이야기 원고를 개정하기 시작했다. 마감까지 며칠이 남지 않았기 때문에 원고에 집중해야만 했다.

"먼저 퇴근합니다. 모두 수고하세요."

퇴근 시간은 아직 남았다. 하지만 시간이 늦어지고 어둠이 찾아오자 일찍 다니는 작가들이 퇴근을 선언하고 사무실을 나섰다. 가장 먼저 퇴근한 작가는 먹는 남자였다. 편집자들은 그가 나간 문을 멍하니 바라보았다. 그들의 눈동자에 퇴근을 향한 갈망이 가득했다.

"요즘 다시 늦게 퇴근하시네요."

칠흑팔검이 말했다. 규현은 고개를 끄덕였다.

"네. 최근 중국으로 사업을 확장하면서 바빠졌거든요."

가람 중국 사무실의 경영 관리를 위해 민주를 경영팀장 자리에 앉혀 놓았지만 그녀는 대략적인 업무와 실무만을 보고 있을 뿐 최종적인 결정과 매우 중요한 일들은 규현이 직접 했다. 특히 출간 같은 문제도 현지의 기획팀장이 1차적으로 검토하긴 하지만 최종적으로는 규현이 스탯을 확인한 뒤 결정하기 때문에 바쁠 수밖에 없었다.

"힘드시면 직원을 더 뽑는 게 좋지 않겠습니까?"

"맞아요. 직원을 더 뽑는 게 좋을 것 같아요."

열심히 일을 하고 있던 상현이 상당히 지친 얼굴로 칠흑팔검의 말에 긍정했다. 중국 쪽의 업무가 규현에게 다수 넘어오면서 포화 상태가 된 규현은 기존에 그가 하고 있던 가람 한국 사무실의 업무 일부를 상현에게 넘겼다. 덕분에 그렇지 않아도 일이 많아서 힘겨워 하던 상현은 아주 죽을 맛이었다.

"경영지원 팀장으로 승진시켜 줄게, 힘내!"

"형!"

규현의 말에 상현이 소리를 질렀다.

"우리 경영지원팀이라는 부서는 정식으로 없거든요!"

상현의 항의에 규현은 볼을 긁적이며 입을 열었다.

"아, 없었나? 그러면 만들면 되지. 팀장은 너야. 네가 곧 경영지원팀이며 경영지원 팀장이다. 책임이 막중해!"

"그렇게 말씀하시면 불평할 수가 없잖아요, 하하하!"

규현은 즉석에서 경영지원팀을 만들고 팀장 자리에 상현을 앉혔다. 상현은 표정을 관리하려고 했지만 입이 귀에 걸렸다. 뭔가 있어 보이는 직함이 생기니 기분이 좋은 모양이었다.

"물론 월급도 올려줄게."

규현은 입가에 미소를 머금은 채 말했다. 새로운 직원을 채용하는 것보단 상현에게 월급을 조금 더 많이 줘서 일을 많이 시키는 게 나았다. 왠지 악덕 업주 같지만 그에게 할당된 업무 중에 다른 사람이 할 수 있는 것은 적당히 칠흑팔검이나 석규에게 분배할 생각이었다.

"열심히 일하겠습니다."

월급을 올려준다는 말은 결정타였다. 상현은 다시 노트북에 집중해서 본격적으로 일하기 시작했다. 그 모습을 보며 규현은 조금 안타까움을 느꼈다. 상현은 최근 맡은 일이 많아져서 차기작을 미루고 있었다.

"상현아."

"네?"

자신을 부르는 목소리에 노트북 화면을 집중해서 보고 있던 상현이 고개를 들었다.

"차기작 하고 싶을 때 나한테 말해. 내가 최대한 도와줄게."

규현은 열심히 일하는 상현에게 자신이 할 수 있는 최대의

조력을 약속했다. 상현이 미소를 지었다.

"말씀만으로도 감사해요."

상현의 대답에 규현도 미소를 지었다. 두 사람은 잠시 시선을 교환하고 노트북 화면에 집중하기 시작했다. 10분 정도 흘렀을까? 전화가 왔다. 스마트폰을 확인해 보니 GE 게임즈의 경욱이었다. 규현은 회의실로 들어가 전화를 받았다.

"여보세요?"

―여보세요, 작가님?

"네, 말씀하세요."

규현은 의자를 하나 빼서 앉으며 말했다.

―실은 급히 전해 드릴 게 있어서 이렇게 전화를 걸었습니다.

"말씀하세요."

―'나이츠'의 PC게임화가 엎어졌습니다.

"잠깐만요. 그게 무슨 말씀이시죠?"

경욱의 말에 규현은 조금 당황할 수밖에 없었다. 나이츠의 PC게임화는 몇 달 전에 결정된 후, 최근 긍정적인 반응 아래 본격적인 작업을 시작했다고 들었다. 그런데 갑자기 엎어졌다니, 이해할 수 없었다. 얼마 전, 중국에 가기 전에 경욱과 전화 통화를 했었는데, 그때까지만 해도 아주 긍정적이었던 것으로 기억했다.

─나이츠의 원작인 기사 이야기보다 더 괜찮은 원작을 찾았기 때문입니다. 아무래도 PC게임 사업은 수백억의 예산이 투입되다 보니 신중할 수밖에 없습니다.

경욱이 설명했다. 모바일 게임과 달리 PC게임, 그것도 MMORPG 같은 경우엔 개발비가 아주 많이 든다. 그래서 상당히 신중해야만 했다. 결정은 한참 전에 했지만 예산 확보 등의 문제로 진행은 거의 되지 않았기 때문에 엎는 것은 얼마든지 가능했다.

"기사 이야기를 뛰어넘는 원작이 도대체 무엇입니까?"

규현이 물었다. 그의 목소리에는 살짝 날이 서 있었다. 왠지 기사 이야기가 밀린 것 같아서 기분이 유쾌하지는 않았다.

─바로 최후의 흑마법사입니다.

"최후의 흑마법사 말입니까?"

─예, 최후의 흑마법사요.

최후의 흑마법사는 기사 이야기와 마찬가지로 규현이 쓴 작품이었다. 규현의 입가에 미소가 그려졌다. 다른 작품을 언급했다면 조금 기분이 나빴을지도 모르겠지만 그 작품이 최후의 흑마법사였기 때문에 잠시 다운되었던 기분은 금세 회복되었다.

─물론 저희가 계약을 물리는 것으로 볼 수도 있기 때문에 원하신다면 위약금도 지불할 용의가 있습니다.

"아뇨. 그래도 위약금까지 주실 필요는 없다고 생각합니다."

GE 게임즈에서 먼저 계약 변경을 요구했기 때문에 원만한 협의가 이루어지지 않고 규현이 막간다면 GE 게임즈에서 위약금을 내야 하는 경우가 발생할 수도 있었다. 하지만 규현은 GE 게임즈와 우호적인 관계를 계속 유지하고 싶었기 때문에 위약금을 요구하지 않았다. 위약금은 10억 원에 가까운 금액이었지만 매달 엄청난 액수의 인세가 입금되고 있기 때문에 무리해서 욕심내고 싶지는 않았다.

─그렇게 말씀해 주시니, 감사할 따름입니다.

경욱이 말했다. 그는 위약금을 요구하지 않겠다는 규현의 말에 진심으로 고마워하고 있었다. 개발비가 상당히 많이 들어가는 MMORPG의 개발이 결정된 지금, 최대한 자금을 아낄 필요가 있었다.

"그런데 위약금을 내게 될지도 모르는 위험까지 감수하고 기사 이야기 대신 최후의 흑마법사를 선택하신 이유라도 있나요?"

─자세한 건 저도 잘 모르겠지만 기사 이야기의 세계관보다 최후의 흑마법사 세계관이 더 매력적이라서 그런 게 아닐까요? 확실한 건 저도 기사 이야기보다 최후의 흑마법사가 더 재밌었습니다.

"감사합니다."

―그리고 PC 사업부로 넘어가게 되면서 이제 담당자가 바뀌게 되었습니다.

기사 이야기 개발이 엎어졌지만 확보된 예산은 어디로 도망가는 게 아니어서 바로 PC게임 개발을 진행할 수 있었다. 본격적인 개발 진행을 앞두고 담당이 모바일 사업부의 경욱에게서 PC 사업부의 기획팀장에게로 넘어가게 되었다.

"아, 그렇습니까?"

규현은 아쉬운 듯한 목소리로 말했다. 모바일 MMORPG 나이츠 개발 시절부터 경욱과 함께해 왔기 때문에 다른 담당자와 일하게 될 것이라 생각하니 조금 아쉬운 마음이 들었다.

―네, 아마 통화가 끝나면 PC 사업부 기획 1팀에서 작가님에게 전화할 것 같습니다.

"네."

―그동안 저와 같이 일하신다고 고생 많으셨습니다.

"다음에 술이나 한잔하죠."

규현은 시간이 되면 술이나 한잔할 것을 제의했다. 경욱은 여러 가지 면에서 괜찮은 사람이었고 비록 일로 인해 맺어진 관계라곤 하지만 계속 유지하고 싶은 마음이 들었다.

―작가님이 사시는 겁니까?

술이라는 말에 경욱이 밝은 목소리로 물었다. 규현은 입가에 미소를 머금었다.

"제가 살게요."

—그렇다면 기대하겠습니다, 하하하.

언젠가 따로 만나서 술잔을 기울이자고 약속한 뒤에도 가벼운 대화를 나누다가 경욱이 PC 사업부의 기획 1팀장이 전화가 끝나길 기다리고 있을 거라면서 서둘러 전화를 끊고서야 대화가 끝났다. 경욱의 말대로 전화 통화가 끝나기 무섭게 기다렸다는 듯이 낯선 번호로 전화가 왔다.

"여보세요?"

타이밍상 경욱이 말한 GE 게임즈 PC 사업부 기획 1팀장이 분명했기 때문에 규현은 망설임 없이 전화를 받았다.

—안녕하세요, 작가님. GE 게임즈 PC 사업부 기획 1팀장 손지환이라고 합니다.

"네, 반갑습니다, 손 팀장님."

—최후의 흑마법사 계약 문제로 이야기를 나누고 싶은데 혹시 지금 시간 되십니까?

누군가에게 쫓기는 것처럼 지환은 다급하게 말했다.

"저는 딱히 상관없습니다."

아직 퇴근 시간도 아니었고 규현은 많이 바쁘지도 않았다. 원고 작업이 조금 남아 있었지만 당장 급한 건 아니었다.

—그럼 지금 당장 제가 사무실로 찾아가겠습니다.

지환이 말했다. 번갯불에 콩을 구워 먹을 기세였다.

"아뇨. 제가 GE 게임즈 사옥으로 가도록 하죠. 저희 사무실에는 마땅한 공간이 없습니다."

가람 사무실은 결코 좁은 편은 아니었지만 안에서 일하는 사람이 많았기 때문에 회의실을 제외하면 둘이서 긴 이야기를 나눌 공간이 마땅치 않았다. 사실 회의실을 사용하면 되긴 하지만 조금 있으면 회의할 시간이라서 비워줘야 했다.

—1층에서 기다리고 있겠습니다!

"네."

전화 통화가 끝났다. 사무실에 다시 들르지 않고 바로 오피스텔로 돌아갈 수도 있기 때문에 규현은 짐을 챙기기 시작했다. 노트북을 가방에 넣고 코트를 입었다. 그리고 만약을 위해 사무실에 보관하고 있는 계약서도 챙겼다.

"벌써 퇴근하세요?"

상현이 원망스러운 시선을 보내며 말했다. 그는 요즘 과로로 인해 상당히 예민해져 있었다. 규현은 그런 상현을 보며 고개를 저으며 입을 열었다.

"퇴근하는 거 아니야. 예전에 나이츠가 PC게임으로 만들어진다고 내가 말했었지? 기억나?"

상현이 대답 대신 고개를 끄덕였다. 다른 작가들도 관심이 동했는지 노트북 키보드를 두드리는 것을 멈추고 규현과 상현의 대화에 잠시 집중했다.

"그 계약 내용이 변경됐다고 해야 하나? 어쨌든 결과부터 말하자면 기사 이야기가 아닌 최후의 흑마법사를 게임으로 만들고 싶어 한다는 거지."

"와, 잘되었네요! 최후의 흑마법사 판매량이 더 오르겠어요."

"아마도 그렇겠지. 최소로 잡아도 3년 정도 걸리겠지만……."

모바일 게임이 아닌 PC게임이다 보니 개발 기간은 아주 길 것이다. 아무리 짧게 잡아도 3년이다. 3년 후면 최후의 흑마법사는 완결 날 확률이 매우 높았다. 완결이 나더라도 홍보 효과는 있을 것이다.

"전 이만 가보겠습니다. 일찍 끝나면 사무실로 돌아올게요."

"요즘 무리하시는 것 같은데 바로 퇴근하셔도 좋을 것 같습니다."

칠흑팔검이 규현의 몸 상태를 걱정해서 한마디 했다. 그의 말에 미소로 답하며 규현은 사무실을 나와 GE 게임즈 사옥으로 향했다. GE 게임즈 사옥에 도착한 규현은 주차장에 차를 주차하고 사옥 안으로 들어갔다. 1층 로비에 들어서자 안경을 쓴 남자가 그에게 다가왔다.

"정규현 작가님 맞으시죠?"

"예, 손지환 기획 1팀장님이신가요?"

지환의 물음에 규현은 고개를 끄덕이며 대답했다. 그는 자신에게 말을 건 남자가 지환이라는 것을 어렵지 않게 추측할 수 있었다.

"일단 저희 사무실로 올라가시죠."

지환은 규현을 PC 사업부 사무실로 안내했다. PC 사업부 사무실은 모바일 사업부 사무실보다 훨씬 넓었고 많은 사람이 집중해서 일하고 있었다. GE 게임즈의 주력은 아무래도 PC게임이다 보니, PC 사업부의 규모가 모바일 사업부에 비해 클 수밖에 없었다.

"이쪽으로."

열심히 일하고 있는 사람들을 지나쳐 사무실 한편에 마련된 응접실에 도착했다.

"혜미 씨, 따뜻한 차 한잔 부탁해요."

규현의 의자에 앉자 지환은 혜미라는 이름의 여직원에게 차를 가져올 것을 부탁했다. 간단한 과자는 테이블 위에 구비되어 있었다. 이윽고 혜미가 차를 두 잔 가져오자 지환은 두 눈을 빛내며 입을 열었다.

"작가님, 우선 저희 사정을 이해해 주셔서 감사하다는 말씀 드리고 싶습니다."

그렇게 말하며 지환은 고개를 살짝 숙였다. 규현은 미소를 지었다.

"일방적인 계약 파기도 아니잖아요. 따지고 보면 계약 대상만 바뀌는 거니까 굳이 위약금을 받을 필요는 없다고 생각되네요. 실제로 장르 문학계에선 작품이 망하는 경우 계약 대상이 바뀌는 경우가 허다합니다."

"그것도 맞는 말이지만 작가님께서 트집을 잡는다고 하면 얼마든지 트집을 잡을 수 있지요."

지환의 말대로 규현이 계약 불이행을 걸고넘어진다면 GE게임즈에서는 조금 귀찮은 일에 휘말리게 될 것이다.

"저는 그렇게 나쁜 사람이 아니라서요."

규현은 입가에 미소를 그린 채 대답했다. 그는 자신을 적대하는 자들에겐 한없이 사악한 악마가 되었지만 우호적인 자들에겐 한없이 자비로운 존재였다.

"작가님이 이해해 주셔서 저희는 정말 감사할 따름입니다, 하하하."

"슬슬 본론으로 들어갔으면 합니다."

규현은 잡설이 긴 것을 좋아하지 않았다. 그런 그의 성격을 경욱에게 들은 지환은 순간 아차 싶었다. 규현을 칭찬하는 것이었지만 잡설이 너무 길었다.

"잡설이 길어서 죄송합니다."

지환은 우선 규현에게 잡설이 길어서 미안하다고 사과했다. 그러고는 본론을 꺼내기 위해 서둘러 입을 열었다.

"오 팀장님에게 이야기를 들으셨겠지만 저희는 계약 내용의 변경을 원합니다. 계약 대상을 기사 이야기에서 최후의 흑마법사로 바꾸고 싶다는 거죠."

"그 말씀을 하실 줄 알고 일단 계약서는 가지고 왔습니다."

말을 마치며 규현은 가방에서 계약서를 꺼내 내밀었다.

"그렇지 않아도 제가 계약서를 가져와 달라고 말씀드리는 것을 깜빡해서 어떻게 해야 할지 걱정하고 있었는데… 감사합니다."

지환은 차를 한 모금 마신 뒤 펜을 꺼냈다. 그리고 수정해야 할 곳에 부드럽게 펜을 올리고 규현을 보며 입을 열었다.

"수정하겠습니다."

"네."

규현에게 확인을 받은 지환은 기사 이야기라고 적혀 있는 것을 펜으로 그어버리고 그 옆에 최후의 흑마법사라고 적었다. 그리고 도장을 꺼내 그 위에 찍었다.

"작가님, 도장 있으세요?"

"아뇨."

규현은 고개를 저었다. 도장을 가지고 다니지는 않았다.

"그럼 사인 부탁합니다."

보통 계약서를 수정하는 경우 수정한 부분에 갑과 을의 도장을 찍는 게 일반적이었으나 도장이 없으면 사인을 하는 경우도 있었다. 규현은 지환이 펜 끝으로 가리키는 곳에 사인을 했다. 그리고 같은 방식으로 규현이 보관하고 있던 계약서에도 사인을 하고 도장을 찍었다.

"후우!"

계약 수정이 끝났다. 큰일 하나를 해결했다는 생각에 지환은 안도의 한숨을 내쉬며 펜을 놓았다. 계약 수정 시에는 갑과 을이 협의를 해야 하기 때문에 규현이 부정적인 반응을 보인다면 GE 게임즈는 입장이 아주 곤란해질 수도 있었다. 그런데 규현은 적극적으로 계약 내용을 변경하는 데에 임했기 때문에 GE 게임즈에선 규현에게 아주 고마워할 수밖에 없었다.

"궁금한 게 하나 있는데, 질문해도 되나요?"

"네, 무엇이든 물어보셔도 괜찮습니다. 작가님에겐 회사 내부 기밀을 제외하면 다 알려 드리겠습니다, 하하하."

지환이 농담과 함께 웃음을 터뜨렸다. 규현은 그의 농담에 입가에 미소를 머금었다.

"일단 저희 기획 1팀 직원들과 스토리 작가들은 기사 이야기의 세계관보다 최후의 흑마법사 세계관이 게임으로 만들어졌을 때 독자들의 흥미를 더 자극할 수 있을 것 같다고 판단했습니다."

모바일 사업부에는 스토리 작가가 없었지만 PC 사업부에는 스토리 작가가 몇 명 있었다. 그들은 기사 이야기와 최후의 흑마법사를 모두 읽어보았고 그 결과 기사 이야기보다 최후의 흑마법사가 게임화에 적합하다고 판단한 것이었다.

"그렇습니까?"

"네. 그리고 무엇보다 최후의 흑마법사는 주인공이 여러 명이라서 기사 이야기에 비해 여러 방면에서 세부적인 이야기가 진행됩니다. 원작으로 삼을 경우 세력을 쉽게 나눌 수 있고 메인 스토리의 기반이 튼튼해집니다."

판타지이지만 인간만 등장하는 기사 이야기와는 달리 최후의 흑마법사는 엘프와 드워프 같은 이종족이 등장하기도 하고 스케일도 훨씬 컸다. 그래서 기획 1팀 직원들과 스토리 작가들은 게임으로 만든다면 기사 이야기보다 최후의 흑마법사가 더 어울릴 것이라고 생각하고 있었다.

"그러면 언제부터 제작에 들어가는 건가요?"

"당장 내일부터 진행됩니다."

"내일이요?"

"네."

지환의 대답에 규현은 깜짝 놀랐다. PC게임 개발에는 자금이 많이 필요하다고 들었다. 그런데 자금 확보도 없이 바로 내일부터 진행된다고 하니 놀랄 수밖에 없었다.

"사실 프로젝트는 그대로고 원작만 바뀌는 것이기 때문에 개발비는 확보되어 있는 상황이라고 볼 수 있습니다."

규현의 궁금증을 지환이 해결해 주었다.

"그렇군요. 아무쪼록 잘 부탁드리겠습니다."

규현은 의자에서 일어나며 지환에게 손을 내밀었다. 그가 내민 손을 지환은 미소를 지으며 잡았다.

"저희가 해야 할 말을… 하하하. 최후의 흑마법사라는 이름에 걸맞은 훌륭한 게임을 만들어내겠습니다."

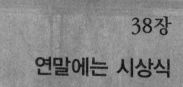

38장

연말에는 시상식

　[안녕하세요, 작가님. 교토 북스입니다. 이제 12월이니까 2017년도 얼마 남지 않았네요. 평소처럼 작가님의 작품이 일본에서 얼마나 활약하고 있는지 전달하기 위해서 이렇게 찾아왔습니다. 우선 11월에 출간된 최후의 흑마법사 1권이 12만 판매 부수를 기록했습니다. 그리고 기사 이야기 누적 판매 부수도 90만 부를 달성했습니다. 10월에 비해 매출이 아주 조금 하락하긴 했지만 올해의 라이트노벨 기록 집계가 있는 20일까지는 100만 부를 어렵지 않게 기록할 수 있을 것으로 생각됩니다. 올해 다른 작품들이 부진한 모습을 보였습니다. 그러니 기사 이

야기가 올해의 라이트노벨에 선정될 게 거의 확실합니다. 시상식에 참여하시려면 일본에 오실 준비를 하셔야겠네요. 올해가 가고 2018년이 오면 그때도 잘 부탁드리겠습니다. 마지막으로 작가님, 날씨도 추운데 몸 건강 조심하세요.]

　2017년의 마지막 달, 12월의 시작은 교토 북스가 보낸 메일과 함께였다. 12월 1일 이른 아침, 눈을 뜬 규현은 평소처럼 메일함을 뒤졌고 교토 북스에서 보낸 메일을 확인할 수 있었다. 일본에서 보낸 메일이었지만 한글로 적혀 있었기 때문에 어렵지 않게 읽은 규현은 하품을 하며 컵을 꺼내 냉장고로 향했다.

　"술을 너무 많이 마셨어……."

　얼마 전 최후의 흑마법사가 북페이지 1위를 달성하고 나이버 스토어 4위를 달성했다. 그래서 어젯밤 그것을 기념하기 위해 규현은 아는 사람들을 불러 모아 광란의 술판을 벌였었다. 평소보다 과음을 해서 그런지 아침이 고통스러웠다.

　"너무 많이 마신 것 같네."

　규현은 그렇게 말하며 냉장고에서 차가운 물이 담긴 생수병을 꺼내 컵에 물을 따라 마셨다. 아무리 생각해도 너무 과음한 건 같았다. 술을 얼마나 퍼부었는지 어떻게 집까지 왔는지 기억나지 않았다.

마지막 기억은 지은의 부축을 받으며 오피스텔 비밀번호를 입력했던 것이었다. 숙취의 고통에 시달리며 멍하니 천장을 올려다보고 있을 때였다. 벨 소리가 들려서 스마트폰 화면을 확인했다. 전화를 건 사람은 상현이었다. 규현은 시간을 확인했다. 9시 20분이었다. 평소 규현이었다면 출근하고도 남았을 시간이었지만 상현은 아직 출근하지 않았을 시간이었다.

'출근도 안 했을 텐데, 이 시간에 왜 전화한 거야.'

그는 속으로 불평을 하면서도 스마트폰을 귓가로 가져가 전화를 받았다.

"여보세요? 상현아, 무슨 일 있어?"

―아뇨, 특별한 일은 없지만 사무실에 저밖에 없어서요.

상현의 말을 들어보니 칠흑팔검도 아직 사무실에 출근하지 않은 것 같았다. 그는 늘 9시 전에 출근하는 것으로 유명했다. 그는 언제나 일찍 출근하고 늦게 퇴근했다. 그런데 아직까지 출근하지 않을 것으로 보아 그도 어제 술을 상당히 많이 마신 것 같았다. 기억을 더듬어보면 어제 칠흑팔검에게 술을 좀 많이 먹인 것 같기도 했다.

"어제 과음했잖아. 칠흑팔검 작가님도 쉬고 계시겠지. 아니, 잠깐만… 오늘 토요일이야! 너, 지금 사무실에서 뭐 하는 거야?"

숙취 때문에 사무실에 일찍 출근하기 싫어서 변명을 생각해 내려던 규현은 오늘이 토요일이라는 사실을 뒤늦게 상기하고는 상현이 출근했다는 사실에 놀랐다.

―형이 12월 1일부터 제 차기작 봐주시기로 했잖아요.

"부, 분명 그랬지. 그런데 토요일이잖아."

상현의 말을 듣고 보니 깊은 곳에서 잠자고 있던 기억이 깨어났다. 분명 고생하는 상현이 안타까워서 12월부터 차기작을 전력을 다해 코치해 주기로 했었다. 하지만 오늘은 토요일이었다.

―네……. 퇴근할게요.

"메일로 원고 보내줘. 그러면 내가 교정해서 다시 보내줄 테니까."

―네.

상현의 목소리에선 힘이 조금 빠졌지만 납득하는 것 같았다. 전화 통화를 끝낸 규현은 오피스텔 근처 식당으로 가서 해장국을 먹었다. 그리고 오피스텔로 돌아와 노트북 전원을 켜고 나이버에 들어갔다.

새로운 메일이 도착해 있었다. 메일함을 열어보았다. 새로운 메일은 상현이 보낸 것이었다. 규현은 약속대로 상현이 보내준 원고를 자세히 검토해 보았다. 경험이 어느 정도 있는 B급 작가답게 소재와 시놉시스도 나쁘지 않았다.

규현이 직접적으로 도움을 주지는 않았지만 지금까지 규현이 많은 교정을 봐주었기 때문에 트렌드를 파악하는 눈 정도는 길렀을 것이라 생각했는데 상상 이상이었다. 예상 외로 상현의 센스가 많이 좋아졌다. 만약 그의 작가 스탯이 A였다면 어렵지 않게 종합 등급 A의 작품을 집필할 수 있을 정도일 것이라고 규현은 생각했다.

[보냈다. 확인해라.]

몇 번 스탯을 확인하면서 그럭저럭 괜찮은 수준으로 원고를 교정한 규현은 그것을 상현에게 보냈다. 그리고 메일을 확인하라는 문자메시지를 보냈다. 이게 시작이었다. 규현은 며칠 동안 상현과 많은 시간을 보냈다. 덕분에 상현은 '흑마법사의 왕국'이라는 예상 구매 수 5,000 정도의 종합 등급 B의 판타지 소설을 만들어낼 수 있었다.

흑마법사의 왕국은 척살된 흑마법사가 왕자로 다시 태어나 왕이 되어 신성 연합에 복수한다는 내용이었다. 요즘 유행하는 환상이라는 소재와 오랜 기간 사랑받은 복수라는 소재를 적절히 조합한 것이었다. 예상 구매 수도 괜찮았고 규현도 개인적으로 반응이 좋을 것이라고 생각하고 있었다.

*   *   *

며칠 뒤 규현은 GE 게임즈 사옥을 찾았다. 기획 1팀에서 게임 개발 관련 회의가 있는데, 규현이 있어야 결정할 수 있는 내용이 다수 있기 때문이었다. PC 사업부 회의실을 방문한 규현은 무려 3시간이 지난 후에서야 회의실에서 나올 수 있었다.

"회의가 생각보다 길어졌네요. 고생이 많으셨습니다."

지환이 머리를 긁적이며 말했다. 규현은 다소 지친 얼굴로 그를 보며 입을 열었다.

"저를 이렇게 고생하게 하셨으니 명작을 만드셔야 합니다."

그의 농담에 지환은 입가에 미소를 머금었다.

"그건 맡겨주세요. 최선을 다하겠습니다."

"그럼 저는 이만 가보겠습니다."

"넵, 조심히 들어가세요."

지환은 1층까지 규현을 배웅했다. 지환의 배웅을 받으며 사옥을 나온 규현은 사무실로 향했다. 회의 시간이 생각보다 길어져서 피곤했지만 아직 일거리가 많이 남아 있었다. 규현은 집에서 글을 쓰는 것보단 사무실에서 글을 쓰는 게 집중이 더 잘되는 스타일이었기 때문에 집에 가지 않고 사무실로 향하는 것을 택했다.

사무실이 있는 금진 빌딩 2층에 도착한 규현은 좀비처럼 걸어서 사무실 문을 열고 힘없이 사무실 안에 몸을 던졌다. 규현의 등장에 마침 그를 기다리고 있던 상현이 자리에서 일어났다. 규현이 자신의 자리로 찾아가 앉자 상현은 그의 곁으로 이동했다.

"형, 보고드릴 게 있어요."

"말해봐."

규현은 조금 피곤한 목소리로 대답했다.

"중세 기사 작가 기억하시죠?"

상현의 물음에 규현은 고개를 끄덕였다. 당연히 기억하고 있었다. 그는 다작에 능한 A급 작가였다. 현재는 B급 작품도 쓰고 있지만 주로 C급 작품을 양산하고 있었다. 흔히 말하는 '글 공장'이었지만 그에게 자극만 준다면 A급 작품 또는 B급 작품을 쓸 수 있다고 규현은 생각하고 있었다.

이미 중세 기사 작가에게 글 쓰는 속도는 자리 잡혀 있기 때문에 그가 감만 잡는다면 그럴 수 있을 것이라 생각했다. 그래서 규현은 그를 영입하고자 했지만 당시 그는 판타지 제국과 관계가 깊었다. 그래서 계약하자는 말을 꺼냈지만 거절당했었고, 사람 일은 모르는 것이기 때문에 상황이 변하거나 신작을 시작하면 바로 계약할 수 있도록 상현에게 그를 잘 살피라는 지시를 내린 상태였다.

"중세 기사 작가가 신작이라도 시작한 거야?"

"아뇨, 기존의 계약을 물린 것 같아요."

"기존의 계약을 물려?"

상현의 대답에 규현은 조금 놀랐다. 그가 중세 기사에 대해 언급하길래 당연히 그가 신작을 준비한다는 소식을 말할 줄 알았지 기존의 계약을 깼다고 말할 줄은 전혀 몰랐다. 한국 장르 문학계의 기본적인 계약 기간인 3년이 지나기 전에 계약을 깨는 건 흔한 경우는 아니었다.

"완결 작품이야? 아니면 지금 쓰고 있는 작품이야?"

"지금 쓰고 있는 작품이에요."

상현의 대답에 규현은 의자 등받이에 몸을 기대며 입을 열었다.

"리빌 제국의 기사단? 아니면 적안 기사?"

확인을 위해 규현이 질문했다. 현재 중세 기사 작가가 문학 왕국에 연재 중인 작품은 리빌 제국의 기사단과 적안 기사 두 작품이었다. 규현은 개인적으로 C급 작품인 적안 기사보다 B급 작품인 리빌 제국의 기사단의 계약이 파기되었기를 바라고 있었다. 아무래도 C급 작품보다는 B급 작품이 훨씬 낫기 때문이었다.

"둘 다예요."

"정말이야?"

"네, 형."

규현이 되묻자 상현은 고개를 끄덕이며 대답했다. 규현은 조금 놀랄 수밖에 없었다. 작품 2개의 계약을 파기하려면 위약금도 두 배 이상으로 들어가는 건 당연했다.

"싸웠나……?"

규현이 혼잣말을 중얼거렸다. 현재 연재 중인 두 작품의 계약을 모두 파기했다는 것은 판타지 제국과의 연을 완전히 끊는다는 것을 의미했다.

"중세 기사 작가님에 대해서는 이한수 작가님에게 대충 들었습니다. 아마도 이벤트 때문에 판타지 제국과 불화가 있었던 모양입니다."

묵묵히 노트북 키보드를 두드리고 있던 칠흑팔검이 바쁘게 움직이던 손을 잠시 멈추고 끼어들어서 정보를 전달했다.

"그렇군요."

규현은 고개를 끄덕였다. 칠흑팔검의 말을 듣고 보니 대충 상황을 짐작할 수 있었다. 중세 기사 작가는 다작에 능한 작가였다. 글 공장처럼 많은 작품을 찍어내서 그 인세로 먹고 사는 작가였다. 하나의 작품으로 대박을 치지 못하니, 많은 작품을 써서 공백을 채우는 것이었다. 그래서 작품 하나하나를 놓고 볼 때 순위가 높은 것은 거의 없었다. 그나마 현재 쓰고 있는 리빌 제국의 기사단이 19위로 순위가 가장 높았다.

자세한 사정은 알 수 없지만 대충은 짐작할 수 있었다. 현재 장르 문학 시장은 가람이 거의 장악했다고 봐도 좋을 정도였다. 그래서 각 전자책 판매 사이트에서는 프로모션 이벤트를 가람에게 집중하고 있었다.

다른 출판사나 매니지먼트에도 기회가 주어졌지만 드문 편이었다. 그래서 출판사나 매니지먼트들은 그 기대를 최대한 살리기 위해서 히트작들만으로 프로모션 이벤트를 진행하고 있었다. 그러다 보니 보통의 작품이나 다소 인기가 없는 작품은 과거처럼 프로모션 이벤트에 참여할 기회가 많이 없었다. 어찌 보면 중세 기사도 피해자인 셈이다.

중세 기사는 나름 유명 작가라고 할 수 있었지만 글을 잘 써서 유명한 게 아니라, 글을 많이 써서 유명했다. 단순히 많이 쓰다 보니까 퀄리티가 다소 떨어져서 믿고 거르는 작가라는 이름도 가지고 있었다.

"어떻게 하시겠어요?"

상현이 물었다. 규현은 방금 컸던 노트북 전원을 조용히 끄며 입을 열었다.

"내가 직접 간다."

중세 기사 작가의 작가 스탯은 A급이었다. 비록 A급 작품은 아직 쓴 적이 없었고 9질의 작품 중 대부분이 C급이었지만 그는 글 쓰는 속도가 엄청났다. 감만 잡으면 A급 작품을 빠른 속도로 쓸 수 있었다. 그래서 다른 출판사나 매니지먼트에 뺏길 수 없기에 상현을 보내는 것보다 안전하게 자신이 직접 가는 게 좋다고 판단했다.

"형이 직접 갈 정도예요?"

"중세 기사 작가는 그럴 가치가 있어."

규현은 서랍에서 계약서를 꺼내 가방에 집어넣으며 대답했다. 중세 기사는 9질의 작품을 출간한 작가치고는 출판사나 매니지먼트 사이에서 인기가 없는 편이었다. 하지만 제이엔 미디어의 신인 발굴 천재라고 불리는 기획팀장 정성준처럼 매의 눈을 가진 기획자들은 중세 기사의 진면목을 파악하고 기회를 엿보고 있을 수도 있었기 때문에 긴장의 끈을 놓을 순 없었다.

"형이 그렇게 말씀하신다면 믿고 기다릴게요."

가람에서 작가 영입은 규현이 직접 관리하고 있었다. 그래서 사실상 가람의 작가들은 모두 규현이 직접 계약하거나 그의 지시를 받고 상현이 움직여서 계약한 것이었다. 물론 가끔은 기획팀장을 맡고 있는 칠흑팔검이 움직일 때도 있었다.

하지만 그는 가능성이 보이는 작가들을 규현에게 보고만 할 뿐, 어디까지나 그에게서 허가가 떨어져야 쪽지를 보내 접촉하고 계약했다. 그래서 규현이 모든 작가 계약에 관여했다고 보는 게 좋았다. 그리고 그가 관여해서 계약한 작가들은 모두 평균 이상의 성적을 내고 있었다.

초창기만 해도 규현이 순위가 매우 낮은 작가와 계약할 때 상현과 칠흑팔검은 그를 말렸지만 순위가 낮은 작가조차도 성공하게 만드는 규현의 마법을 목격하고 난 뒤로는 그가 하는 일에 의심을 품지 않았다.

"형, 그런데 아직 쪽지도 안 보내셨어요."

"아……."

상현의 지적에 규현은 아차 싶었다. 중세 기사 작가와 계약할 수도 있다는 사실에 들떠서 아직 쪽지도 보내지 않았는데 마치 통화하고 약속을 잡은 것처럼 행동하고 있었다. 외근 준비를 서두르던 그는 어색해진 분위기에 볼을 긁적이며 의자에 앉았다.

"제가 쪽지 보낼까요?"

"아니, 내가 직접 보낼게."

규현은 곧바로 노트북을 켠 뒤 중세 기사 작가에게 쪽지를 보냈다. 내용 일부를 제외하면 복사 붙여넣기를 한 쪽지를 보내는 다른 출판사나 매니지먼트와는 다르게 가람은 정성스러운 쪽지를 보내는 것으로 유명했지만 규현은 특히 더 정성스럽게 쪽지를 적어 중세 기사 작가에게 보냈다.

'이제 기다리기만 하면 되는군.'

아무것도 안 하고 있을 수는 없었기 때문에 최후의 흑마법사 원고 작업에 임했다. 물론 글을 쓰는 도중에 문학 왕국에 자주 접속해서 혹시나 거절한 쪽지가 왔는지 확인하는 것도 잊지 않았다. 보통 자가들이 출판사나 매니지먼트의 계약 제안을 거절할 때 전화보다는 문학 왕국 쪽지를 이용하기 때문이었다.

"형, 전화 왔어요!"

잠시 다른 생각에 잠겨 있을 때 벨 소리가 울렸고 상현이 전화가 온 사실을 알렸다. 스마트폰 화면을 확인하니 처음 보는 전화번호였다. 규현의 두 눈이 반짝였다. 지금 이 시기에 처음 보는 번호에서 전화가 왔다는 건 중세 기사 작가일 확률이 매우 높았다.

"여보세요?"

―중세 기사입니다. 수호자… 아니, 정규현 작가님이시죠?

규현의 예상대로 중세 기사였다. 두 사람은 대화를 나눈 끝에 만날 장소와 시간을 정했다. 잠시 후 통화를 끝낸 규현은 서둘러 사무실을 나섰다. 중세 기사와 계약하기 위한 모든 준비물은 챙긴 상태였기 때문에 몸만 뛰어나가면 되는 상황이었다. 그래서 신속하게 움직일 수 있었다.

중세 기사는 수원에 거주하고 있었다. 규현은 직접 수원으로 움직였고 중세 기사의 아파트 근처의 카페에서 만나 계약서에 사인을 받아냈다. 그는 원래 회사원이었지만 글을 쓰는 게 더욱 효율적이라고 판단하여 회사를 그만두고 전업 작가가 된 케이스였다. 대부분의 작가가 그렇듯 그의 눈동자에서도 성공을 향한 욕망을 읽어낼 수 있었다.

"앞으로 잘 부탁드리겠습니다."

"제가 해야 할 말인 것 같습니다."

계약서를 나눠 가진 두 사람은 의자에서 일어나 손을 맞잡았다. 가람을 대표하게 될 또 한 명의 작가가 탄생하는 순간이었다.

*   *   *

중세 기사와 계약하고 사무실로 돌아온 규현은 신속하게 움직였다. 우선은 표지 제작업체에 중세 기사의 표지 갈이를 위한 새 표지를 주문했다. 표지 갈이는 기존의 작품을 표지만 바꿔서 재출간하는 것을 말했다. 보통 계약 기간이 끝난 작품을 다른 출판사와 새로 계약하면서 표지 갈이를 하는 경우가 많았다.

표지 갈이가 끝나자 중세 기사의 연재 중인 두 작품은 가람 로고가 새겨진 표지를 달고 연재를 이어갔다. 그리고 동시에 규현은 중세 기사를 적극적으로 도왔다. 그 결과 구매 수가 어느 정도 상승하는 결과를 가져왔고 중세 기사는 역시 가람과 계약하기를 잘했다고 생각하며 입가에 행복한 미소를 머금었다.

"네. 그러면 아까 제가 보낸 메일대로만 수정해 주시면 감사하겠습니다."

─알겠습니다, 수고하세요.

"네, 수고하세요."

규현은 다소 피곤한 목소리로 대답하며 중세 기사와의 전화 통화를 끝냈다. 어제부터 중세 기사는 안정된 궤도에 진입했다. 아직 각성했다는 말은 어울리지 않았지만 제법 많이 성장한 데다 구매 수도 처음에 비하면 많이 올랐다. 때문에 순위도 자연스럽게 상승하여 리빌 제국의 기사단은 19위에서 17위가 되었고 적안 기사는 34위에서 30위가 되었다.

"중세 기사 작가님은 어느 정도 안정된 궤도에 진입하신 건가요?"

칠흑팔검의 물음에 규현은 고개를 끄덕이며 입을 열었다.

"네. 그래서 이제 스토리 교정을 조금 줄여도 될 것 같네요."

스토리 교정은 충분히 해줄 만큼 해주었다. 다른 사람의 도움만큼이나 스스로 부딪쳐서 깨닫는 것도 중요했다. 그래서 당분간 스토리를 교정해 주는 빈도를 조금 줄일 생각이었다. 마음 같아서는 중세 기사가 각성할 때까지 그에게 집중하고 싶었지만, 가람에는 규현의 도움이 필요한 많은 작가가 있어서 그럴 수 없었다.

[작가님, 지금 통화 가능하세요?]

상현의 원고를 읽고 있을 때 한 통의 문자메시지가 도착했다. 확인해 보니 국제콘텐츠진흥원의 드라마산업팀장 조승필이었다.

"잠깐만 전화 좀 하고 올게요."

규현은 그렇게 말하며 회의실로 들어가 승필에게 전화를 걸었다.

"여보세요?"

─안녕하세요, 작가님. 그동안 별일 없으셨죠?

전화를 받은 승필은 규현의 안부부터 물었다.

"네, 별일 없었어요. 그런데 무슨 일이세요?"

규현은 승필에게 용건을 물었다. 양반탈이 끝났기 때문에 승필이 먼저 연락할 일은 없을 것이라고 생각하고 있었다.

─한국 드라마 대상이 얼마 남지 않은 거 알고 계시죠?

"네."

승필이 한국 드라마 대상을 언급하자 규현은 그가 오랜만에 연락한 이유를 알 수 있었다. 한국 드라마 대상은 한 해동안 방송한 모든 드라마의 정상을 결정하는 시상식이었다.

규현은 양반탈의 시나리오가 후보에 오르기에 충분하다고 생각하고 있었다. 그래서 시상식 참석 여부 때문에 승필이 전화를 걸었을 거라 생각했고 그의 예상은 정확했다.

—양반탈이 시나리오상 후보에 올랐습니다. 기쁜 일이지요. 만약 수상을 하게 된다면 작가님이 올라가셔서 상을 받으셔야 합니다. 물론 대리 수상도 가능하지만 그것을 원하시진 않으실 것 같네요.

"정확하게 보셨네요."

그의 말처럼 규현은 자신이 받아야 할 상을 다른 사람이 대리 수상 하는 것은 원하지 않았다.

—하하하, 다행히 제 예상이 맞았네요. 그렇다면 참석하신다는 말씀이시죠?

"물론입니다."

—그럼 저희가 준비해 두겠습니다. 그리고 주최 측에서 초대장을 발송했다고 합니다. 어쩌면 이미 도착했을 수도 있겠네요.

규현은 이런 시상식에 처음 참석하기 때문에 많은 준비가 필요했다. 그리고 국제콘텐츠진흥원 측에서는 그 준비를 도와줄 생각이었다. 전화 통화를 끝낸 규현은 사무실에 남아 글을 마저 쓰다가 서둘러 퇴근했다.

오피스텔에 도착해 보니 승필의 말대로 우편함에 화려한

장식의 편지 한 통이 있었다. 한국 드라마 대상 초대장이었다. 규현은 입가에 미소를 머금은 채 그것을 집어 들고 집 안으로 들어갔다. 아무렇게나 신발을 벗고 소파에 앉을 때였다. 문자 메시지가 한 통 도착했다.

[작가님, 3일 후 오후 3시쯤에 최민혜 씨를 포함한 양반탈 스태프들의 인터뷰가 있습니다. 혹시 작가님도 시간이 된다면 참가해 주시면 정말 감사할 것 같습니다.]

승필이 보낸 문자메시지였다. 규현의 시상식 참석이 확정되자 그가 문자메시지를 보내는 일이 잦아졌다. 그래도 최근 중세 기사가 안정 궤도에 진입하면서 어느 정도 여유가 생겼기 때문에 인터뷰 시간을 할애할 수 있을 것 같았다. 그렇게 생각한 규현은 승필에게 인터뷰에 함께하겠다는 문자메시지를 보냈다.

문자메시지를 보내고 3일 뒤, 규현은 인터뷰를 위해 방송국 근처의 카페로 향했다. 카페에 도착하니 민혜와 주연 배우들이 사람이 많은 거리에서 인터뷰를 끝내고 돌아오고 있었다. 규현은 아이스티를 주문해서 마시고 있었다. 방송국에서 사실상 카페를 빌린 것이나 다름없었지만 음료는 주문할 수 있었다.

"10분만 쉬었다가 스태프분들 인터뷰 진행할게요."

인터뷰를 맡은 드라마 통신 스태프의 목소리가 들리고 규현은 시간을 확인했다. 그리고 의자 등받이에 몸을 기대고 인터뷰 준비를 무심하게 관찰하고 있을 때였다.

"작가님!"

피곤한 얼굴로 카페에 걸어 들어오던 민혜가 규현을 발견하고는 밝은 얼굴로 달려왔다. 규현은 예의상 의자에서 일어나며 입을 열었다.

"오랜만이네요, 민혜 씨."

"네, 작가님. 정말 오랜만이에요."

조금 전까지만 해도 밖에 있었던 그녀의 볼이 추위 탓인지 유난히 붉게 물들어 있었다. 규현이 의자에 앉자 민혜도 규현의 앞에 앉았다.

"작가님, 그런데 제 문자메시지 너무 무시하시는 거 아니에요?"

그녀는 서운한 표정을 지으며 말했다. 얼굴엔 서운한 빛이 떠올랐지만 말투는 장난스러웠다. 그래도 그녀는 규현을 크게 책망하는 것 같지는 않았다.

"미안해요. 미처 신경 쓰지 못했어요."

규현은 솔직하게 말했다. 여러 가지 일이 겹치는 바람에 그녀의 문자메시지를 미처 신경 쓰지 못했다. 답장해야지, 답장해야지 생각하면서 계속 미뤘더니 결국 오늘이 되었다. 물론 그렇다고 해서 그녀의 문자메시지에 전혀 답장하지 않은 것은 아니었다.

시간이 있을 때는 그녀가 보내는 문자메시지에 꾸준히 답장을 보냈다. 그렇기 때문에 지금 민혜가 규현을 보며 반쯤 장난삼아서 이런 말을 할 수 있었다. 만약 그렇지 않았다면 지금쯤 상당히 삐져 있었을 것이다.

"인터뷰 시작합니다. 이쪽으로 와주세요."

짧게나마 대화를 나누기에도 현장은 너무 바빴다. 규현은 인터뷰를 위해서 지정된 곳으로 이동했고 곧 인터뷰가 시작되었다. 리포터는 한다영이었다. 그녀는 예전에 촬영 현장에 왔던 적이 있어서 어렴풋이 기억하고 있었다.

인터뷰 내용은 별것 없었다. 그냥 한국 드라마 대상의 시나리오 상 후보에 오른 것에 대한 간단한 감상을 물어봤다. 그 외에도 다영은 민혜와 무슨 사이냐고 날카롭게 질문했지만 규현은 정말 그녀와 아무런 사이가 아니었기 때문에 솔직하게 아무 사이도 아니라고 대답했다.

규현이 그렇게 대답할 때, 옆에서 인터뷰를 지켜보고 있던 민혜는 볼을 살짝 부풀렸지만 규현은 그 모습을 보지 못했다.

규현이 가장 먼저 인터뷰를 해서 그는 일찍 마쳤지만, 다른 스태프들의 인터뷰가 진행되고 있었기 때문에 예의상 남아서 그들을 기다려 주었다.

다행히 규현과 강훈을 제외하면 다른 사람들의 인터뷰는 짧게 진행되었고 CG 감독을 끝으로 주요 제작진의 인터뷰가 끝났다.

"민혜 씨, 지금까지 기다리신 거예요?"

멍하니 인터뷰를 구경하고 있던 규현은 2층에서 내려오는 민혜를 발견하고 말을 걸었다. 규현을 보자 민혜는 양 볼을 살짝 붉혔다.

"네……. 딱히 할 일이 없어서요."

그녀는 그렇게 대답했지만 규현은 믿지 않았다. 그녀는 양 반탈로 인해 일약 스타의 대열에 합류한 배우였다. 그렇기 때문에 다음 스케줄이 없을 확률이 매우 낮았다.

규현이 의심스러운 시선을 보내자 그녀는 애써 규현의 시선을 회피했다.

"매니저는 아까 먼저 가던데… 집엔 어떻게 가시려고요?"

규현의 물음에 민혜는 속으로 미소를 지었다. 사실 매니저는 현장에 있으려고 했지만 그녀가 억지로 보냈다.

"글쎄요. 어떻게 하는 게 좋을까요."

"제가 자택까지 데려다드리겠습니다. 따라오세요."

규현은 고개를 저으며 먼저 카페를 나섰고 민혜는 규현 몰래 웃음꽃을 피우며 그의 뒤를 따랐다.

사실 그와 시간을 더 보내고 싶었지만 그의 차를 타는 것만 해도 큰 수확이라고 생각했다.

민혜를 집으로 데려다주고 오피스텔로 돌아온 규현은 그후 며칠 동안 출퇴근만 반복했다. 그러던 어느 날, 그는 교토 북스에서 한 통의 메일을 받게 되었다.

[안녕하세요, 작가님. 교토 북스입니다. 우선은 축하드린다는 말을 전해 드리고 싶습니다. 기사 이야기가 올해의 라이트노벨로 선정되었습니다. 정말 축하드립니다.]

교토 북스의 야마모토 켄이치가 보낸 메일로 그는 짤막한 축하의 인사를 건넸다.

올해의 라이트노벨 시상식은 시상식 며칠 전에 작품을 선정하고 통보를 한다.

규현이 외국에 거주 중이었기 때문에 올해의 라이트노벨 측에서는 우선 교토 북스의 담당자에게 선정 사실을 통보한 듯했다.

규현은 교토 북스가 보낸 메일을 계속 읽어 내려갔다.

선정 사실 전달과 축하 인사 외에 특별한 내용은 없었다. 다만 웬만하면 25일까지는 일본에 와달라고 적혀 있었다.

시상식에 참석하기 전에 준비할 게 있는 것 같았다.

"일본에서 크리스마스를 보내게 생겼네."

규현은 혼잣말을 중얼거렸다.

25일이면 크리스마스였다.

딱히 크리스마스를 같이 보낼 사람은 없다고 생각했지만 외국에서 혼자 크리스마스를 보낸다고 생각하니 기분이 묘했다. 그렇게 생각한 규현은 냉장고에서 물을 꺼내 마셨다.

그때 스마트폰 벨 소리가 울렸다.

스마트폰 화면을 확인하니 전화를 건 사람은 택배원이었다. 자주 방문하는 택배원들의 전화번호를 저장해 두었기 때문에 한눈에 알 수 있었다.

규현은 물이 담긴 컵을 내려놓고 스마트폰을 귓가로 가져가 전화를 받았다.

"여보세요."

─택배입니다. 지금 집에 계시죠?

택배원은 규현에게 지금 집에 있는지 물었고 규현은 그렇다고 대답했다. 그러자 택배원은 30분 안에 도착할 것 같다고 말한 뒤, 전화를 끊었다.

몇 분 후, 이윽고 규현은 택배를 받을 수 있었다.

한데 박스가 2개였다.

서랍에서 커터 칼을 꺼내 박스를 열어보니 정장 한 벌이 들어 있었고 다른 하나에는 구두가 들어 있었다.

박스를 확인해 보니 보낸 사람은 승필이었다. 어느 정도 예상이 가는 바가 있었지만 그는 승필에게 정장과 구두를 보낸 이유를 확인받기 위해 전화를 걸었다.

내용물을 잘못 보낸 걸 수도 있기 때문에 확인은 필수였다.

─작가님께서 시상식에 입을 만한 정장이 없다고 하시길래 저희 측에서 한번 준비해 봤습니다. 고급 브랜드에서 대여한 거니 시상식용으론 충분할 겁니다.

규현이 정장과 구두에 대해 묻자 승필이 대답했다.

그러고 보니 얼마 전, 승필과 전화를 했을 때 자신이 시상식에 입고 갈 마땅한 옷이 없다고 한탄한 적이 있었던 것을 기억해 낼 수 있었다.

"신경 써주셔서 감사합니다."

─시상식 당일에 미리 시상식장 근처로 와주세요. 저희와 합류하셔서 같이 들어가시면 됩니다.

양반탈 제작진은 시상식이 시작되기 전에 근처에서 모여서 안으로 이동할 예정이었다.

"혹시 레드 카펫도 밟는 건가요?"

─아뇨. 그건 배우들이 밟고 저희는 다른 길로 조용히 들어갑니다.

규현의 헛된 기대를 승필이 박살 냈다. 그러고 보니 유명한 감독이면 몰라도 다른 스태프들이 레드 카펫을 밟는 모습은 본 적이 없었다.

규현은 승필과의 전화 통화를 끝낸 뒤 시상식 날이 오길 손꼽아 기다렸다.

며칠 뒤 한국 드라마 대상 시상이 있는 12월 22일이 되었다. 규현은 시상식이 시작되기 전에 일찍 시상식장으로 향했다.

주차장에 차를 주차하고 약속 장소로 향하니 승필과 음향 감독 등의 주요 제작진이 모여 있는 것을 볼 수 있었다.

자신들을 향해 다가오는 규현의 모습을 본 승필이 반가운 표정으로 손을 들어 올렸다.

"작가님!"

규현은 미소를 지으며 그들과 합류했다. 규현이 합류하자 그들은 배우들이 아닌 다른 이들을 위한 통로를 이용해 시상식장 내부로 진입했다.

진입하는 길에 TV에서나 봤던 레드 카펫의 모습이 옆에 보였는데, 아직 시상식이 시작되려면 시간이 많이 남았음에도 불구하고 많은 사람이 모여 있었다.

"사람이 많네요."

"아마 입장은 시작되었을 겁니다. 기자들 보이시죠?"

규현의 말에 승필이 대답과 함께 검지로 어딘가를 가리켰다.

그의 손가락 끝이 가리키는 방향으로 시선을 옮기니 포토 존 앞에 모여 있는 기자들의 모습을 볼 수 있었다. 그리고 그들의 앞에는 강훈 감독이 있었다.

포토 존에 선 그는 이런 상황에 익숙한지 여유로운 표정으로 손을 흔들고 있었다.

"강훈 감독님이시네요."

"네, 워낙 유명하신 분이라서 그런지 레드 카펫을 밟으셨네요."

승필의 대답을 끝으로 대화는 잠시 중단되었고 그들은 시상식장 안으로 들어갔다. 참석자마다 자리가 지정되어 있었기 때문에 그들은 각자의 자리에 앉았다.

규현은 기다리는 시간이 지루해 스마트폰으로 나이츠를 플레이했다.

스마트폰 게임을 하다 보니 시간은 빨리 흘러갔고, 많이 비어 있었던 내부에는 어느덧 사람으로 가득 찼다.

시상을 진행하는 무대에는 배우들과 감독들이 주로 앉았고 나머지 제작진은 뒤쪽에 위치한 테이블에 앉아 있었다.

"30분 남았습니다."

진행을 맡은 스태프의 말이 마치 안내 방송처럼 귓가로 파고들었다.

다소 긴장한 규현은 찬물을 한 모금 마신 뒤, 눈동자를 빠르게 움직여 주변 분위기를 살폈다.

그러던 중 그는 자신이 앉아 있는 테이블을 향해 다가오는 미모의 여성의 모습을 볼 수 있었다.

"작가님!"

자연스럽지만 평소보다 과한 화장에 어느 정도 노출이 있는 드레스를 입은 그녀를 처음에는 누군지 알아차리지 못했다.

하지만 자신을 부르는 목소리를 듣자마자 그녀가 누군지 알 수 있었다.

"민혜 씨?"

앉은 채로 그녀를 맞이할 수는 없었기 때문에 규현은 의자에서 일어났다.

평소 연한 화장을 즐겨 했던 그녀가 화장을 조금 진하게 해서 그런지 못 알아볼 뻔했다.

거기다 과감한 드레스까지. 그녀의 모습은 규현의 눈길을 사로잡기 충분했다.

그녀는 자신에게서 눈을 떼지 못하는 규현의 모습에 조용히 입가에 미소를 머금었다.

"작가님, 어딜 그렇게 보시는 거예요?"

"하하하, 그냥 평소에 못 보던 모습이라 조금 놀라서요."

규현은 볼을 긁적이며 대답했다. 민혜는 두 눈을 반짝이며 미소를 지었다.

"평소보다 예쁘다는 말이에요?"

"네. 평소에도 예쁘신데 오늘따라 더 예쁘네요."

"헤헤."

예쁘다는 소리를 듣고 기분 나빠할 여성은 없을 것이다. 규현의 칭찬에 그녀는 볼을 살짝 붉혔다.

"그런데 드레스 노출이 너무 심한 거 아니에요?"

규현은 노출이 많은 그녀의 드레스로 화제를 돌렸다.

보통 시상식에 참석하는 여배우들의 드레스는 화제가 될 정도로 과한 노출이 가미된 것들이 대부분이었지만 민혜는 그중에서도 노출이 과한 편이었다.

규현도 남자였기 때문에 그런 드레스를 입은 민혜를 보는 게 싫지는 않았다.

하지만 왠지 다른 남자들도 민혜의 이런 모습을 본다고 생각하니 알 수 없는 복잡한 감정이 고개를 들었다.

게다가 주의를 기울이지 않으면 검색어 1위에 오를 정도로 엄청난 드레스였기 때문에 걱정되기도 했다.

"소속사에서 이거 입으라고 해서요. 사실 저도 그렇게 마음에 드는 건 아니에요."

민혜는 조금 어두운 얼굴로 하소연하듯 말했다. 규현은 눈살을 찌푸리면서도 고개를 끄덕였다. 그녀의 소속사 사정도 어느 정도 이해가 갔다. 양반탈로 인해 급속도로 인지도를 쌓았다고는 하지만 아직 그녀는 신인이었다.

드라마 하나로 갑자기 정상의 위치에 오른 만큼 잘못하면 순식간에 추락할 수도 있었다.

그래서 소속사에서는 불안했을 것이다. 그러니 그녀가 조금이라도 더 대중의 이목을 집중시키고 화제가 되기 위해서 노출이 심한 드레스를 입혀서 시상식에 내보낸 것 같았다.

"힘내세요."

소속사의 사정도 어느 정도 이해가 됐지만 지금 민혜의 모습은 썩 유쾌하지 않았다.

그렇다고 해서 지금 규현이 그녀에게 해줄 수 있는 것은 없기 때문에 그저 힘내라고 말할 뿐이었다.

"작가님, 엔터테인먼트 사업은 하실 생각 없으세요?"

짧은 대화가 끝나고 그녀가 몸을 돌려서 규현에게서 멀어지려는 순간이었다.

민혜는 발걸음을 멈추고 다시 규현을 보며 말했다. 규현은 미소를 지으며 천천히 입을 열었다.

"언젠가는 할 수도 있겠죠. 사람 일은 모르는 거니까요."

"그때가 오면 저를 첫 번째로 데려가 주셔야 해요?"

"노력할게요."

"그럼 되었어요."

원하는 대답을 들은 건지 그녀는 만족스러운 표정으로 자신의 자리로 돌아갔다. 멀어지는 그녀의 뒷모습을 두 눈으로 쫓다가 문득 떠오르는 말도 안 되는 생각을 한 규현은 고개를 저으며 떨쳐낸 뒤 조심스럽게 의자에 앉았다.

"5분 전입니다."

진행을 맡은 스태프가 시작이 얼마 남지 않았음을 알렸고 현장의 스태프들이 분주하게 움직이기 시작했다.

얼마 지나지 않아서 시상식이 시작되었고 걸그룹이 무대에 올라와 한국 드라마 대상의 시작을 알리는 공연을 시작했다.

카메라로 촬영 중이었기 있기 때문에 스마트폰을 보는 것은 예의가 아니라고 생각한 규현은 시간을 때우기 위해 무대를 향해 시선을 집중했다.

다른 사람들은 이미 무대에 열광하고 있었다. 의자에서 일어나지는 않았지만 그들의 눈동자에서 열광의 감정을 읽어낼 수 있었다.

"감사합니다!"

규현은 공연이 끝나고 무대에서 내려가는 걸그룹 멤버 중에서 한 명이 유난히 낯설지 않다는 느낌을 받았다.

그래서 무대 옆으로 내려오는 그들을 자세히 살펴보니 실제로 한번 만난 적이 있던 얼굴이었다.

센터마인 엔터테인먼트의 걸그룹 S걸스의 윤수현이었다.

수현을 싫어하지는 않지만 그 당시 상황이 불편했기 때문에 규현은 눈살을 찌푸린 채 턱을 긁적였다.

그런데 바로 시상식장을 벗어나는 다른 가수들과 달리 수현은 옆길을 이용해 규현이 있는 곳으로 다가왔다.

"작가님……."

규현은 다른 사람을 부르는가 싶어 주변을 둘러보았지만 작가님이라는 소리를 들을 만한 사람은 자신밖에 없었다. 수현이 갑자기 찾아올 줄은 몰랐기 때문에 그는 조금 놀란 얼굴로 그녀를 보며 의자에서 일어났다.

"네, 오랜만이네요."

"그러게요. 오랜만이에요."

수현은 입가에 미소를 머금은 채 말했다. 무대의상을 입고 있었기 때문에 규현은 불가피하게 그녀와 시선을 마주할 수밖에 없었다.

"그때는 고마웠어요. 덕분에 그 이후로 그런 자리 안 나가게 되었어요."

"다행이네요."

수현의 말에 규현은 고개를 끄덕였다.

다행히 규현의 생각처럼 심하게 썩은 소속사는 아니었던 것 같았다. 아마도 그때 규현의 지적에 정신을 차린 것 같았다.

"정말 고마워요. 작가님 아니었으면 정말 힘들었을 거예요."

그렇게 말하는 수현의 눈가에 이슬이 맺혔다. 그녀는 가수의 꿈을 가지고 어린 나이에 서울로 올라와 가수의 꿈을 이뤘으나 그녀의 앞을 기다리고 있던 것은 연예계의 진흙탕과 같은 늪지였다.

그곳에서 그녀를 꺼내준 이는 규현이었다.

사실 순수하게 규현 자신만을 위해 행동했지만 그녀를 돕게 된 결과를 가져왔다. 그래서 여전히 연예계는 더러웠지만 수현은 더 이상 예전처럼 접대에 불려 나가는 일은 없었다. 규현의 행동으로 소속사도 깨달은 게 있었기 때문이었다.

그래서 수현은 자신을 도와준 규현에게 진심으로 고마워하고 있었다.

"저는 한 게 없어요. 그나저나 보는 눈도 많은데 괜찮으세요?"

스캔들을 말하는 것이었다. 수현은 미소를 지으며 입을 열었다.

"스캔들은 생각보다 쉽게 터지지 않아요. 그리고 스캔들이

터져도 저는 괜찮아요."

그녀는 의미심장한 말과 함께 규현의 손에 곱게 접힌 쪽지를 건네주었다.

"전 이만 가볼게요. 다른 멤버들이 기다리고 있을 것 같아서요."

그녀가 떠나고 규현은 쪽지를 열어보았다. 쪽지엔 전화번호가 적혀 있었다.

규현은 수현이 준 쪽지를 우선 정장 재킷 안주머니에 고이 접어 넣었다. 지금은 시상식이 진행되고 있는 중이니 나중에 시상식이 끝나고 나면 전화번호를 등록할 생각이었다.

"작가님, 민혜 씨가 후보에 올랐어요."

승필이 규현에게만 들릴 정도의 작은 목소리로 민혜가 후보에 올랐다는 것을 알려주었다.

그의 말을 들은 규현은 정면의 커다란 스크린으로 시선을 옮겼다. 그의 말대로 민혜가 여우주연상 후보에 올라 있었다. 후보에 오른 여배우들의 얼굴이 스크린에 나오고 있었다.

민혜는 손으로 입가를 가린 채 떨리는 눈동자로 스크린을 향해 시선을 집중하고 있었다.

그 모습에 규현도 덩달아 긴장해서 입을 굳게 닫은 채 스크린을 보았다. 다른 여배우들과 스태프들도 마찬가지였다.

무거운 침묵이 내려앉은 가운데, 모두의 시선이 스크린과 시상자의 손에 들려 있는 큐 카드에 집중되었다. 긴장감이 감돌고 시상자의 입이 천천히 열렸다.

"축하드립니다. '양반탈'의 최민혜 씨!"

우레와 같은 박수를 받으며 민혜가 수상을 위해 무대로 올라갔다.

상을 받은 그녀에게 스태프 한 명이 미리 준비된 꽃다발을 건넸다.

꽃다발을 받아 드는 민혜의 눈동자에서 이슬이 반짝이는 것을 규현은 보았다. 그녀는 꽃다발을 들고 침착하게 수상 소감을 말했다.

소속사 식구들과 양반탈 제작 스태프들의 이름이 하나씩 거론되었다.

지루한 이름 나열에 두 눈이 감겨올 때쯤이었다. 규현은 익숙한 이름을 들을 수 있었다.

바로 자신의 이름이었다.

제작 스태프들의 이름도 언급되었으니 규현의 이름이 언급되어도 이상할 것은 없었다.

하지만 그 이후로도 규현의 이름은 과하다고 생각될 정도로 계속 언급되었다.

"정규현 작가님이 유난히 많이 거론되었는데… 특별한 사이입니까?"

긴 수상 소감이 끝나고 그녀가 마이크에서 물러나려는 순간 사회자가 장난스러운 표정으로 물었다. 민혜는 눈동자를 이리저리 움직이다가 멀리 있는 규현을 보며 입을 열었다.

"특별한 사이는 아니지만 소중한 사람입니다."

"넵! 더 이상은 묻지 않겠습니다. 소중한 인연 잘 이어나가세요."

사회자는 더 이상 깊게 파고들지 않았고 민혜는 무대 아래로 내려가 자신의 자리로 가서 앉았다.

그녀는 규현에게 가서 여우주연상 트로피를 자랑하고 싶었지만 시상식이 계속 진행되고 있었기 때문에 아쉬운 표정으로 규현이 있는 뒤편을 힐끔거렸다.

한편 시상은 계속해서 진행되었다.

수상자들의 소감은 하나같이 비슷했고 규현은 지루해서 하품이 나오려는 것을 간신히 참았다.

중간에 축하 공연이 없었다면 지루해서 졸 뻔했다. 하지만 지루해하는 규현과는 다르게 배우들은 죽을 맛이었다.

저마다 후보에 오르면 긴장한 얼굴로 시상자를 주목했고 수상할 때면 뜨거운 눈물을 흘렸다.

수상 소감은 다 비슷비슷했지만 간혹가다가 조금 다른 수상 소감을 말하는 수상자도 있었다.

주로 자신들의 사연을 말하는 경우였는데 규현은 소설에

써먹을 수 있도록 기억할 수 있도록 노력했다.

"다음은 시나리오 부문입니다. 극본과는 조금 다르죠? 그럼 후보 발표가 있겠습니다."

규현이 후보로 올라가 있는 시나리오상 후보 발표가 시작되었다.

"양반탈."

마지막으로 양반탈의 이름이 언급되고 스크린의 작은 화면에 규현의 얼굴이 잡혔다.

시나리오상 후보로 올라가 있다는 사실은 이미 통보를 받았기 때문에 잘 알고 있었다. 그래서 긴장하지 않을 거라고 생각하고 있었는데 막상 이름이 불리고 나니 제법 긴장되었다.

'하필이면 심혜리 작가와 경쟁이라니⋯⋯.'

수상자 발표까지 짧지만 긴 시간 동안 규현은 눈살을 찌푸렸다.

설마 심혜리 작가와 경쟁하게 될 줄은 몰랐다.

그녀는 다른 방송사의 드라마 '별 무리 소나기'의 시나리오를 쓴 작가이며 동시에 북페이지 로맨스 부문 1위에 빛나는 이국의 공주를 쓴 작가였다.

한국 드라마 대상이 방송사를 가리지 않고 한국의 모든 드라마를 후보에 넣는다는 사실을 간과하고 말았다.

그녀가 시나리오를 쓴 별 무리 소나기의 시청률은 19%로 양반탈보다는 한참 부족했지만 그 작품성을 인정받는 드라마였다.

시나리오상 심사에는 시청률이 전부를 차지하지 않기 때문에 양반탈의 시나리오 작가인 규현은 긴장할 수밖에 없었다.

"제17회 한국 드라마 대상 시나리오상의 주인공은……."

얄밉게도 시상자는 큐 카드를 읽으려다가 잠시 말을 멈추고 좌중을 훑었다. 후보들의 날카로운 시선을 받은 그는 입가에 미소를 머금은 채 말을 이어가기 위해 입을 열었다.

"양반탈입니다! 축하드립니다!"

시상자가 입가에 마이크를 대고 양반탈의 이름을 말하자 스크린에 규현의 얼굴이 확대되었다. 그리고 아나운서가 양반탈에 대한 간단한 소개를 읽기 시작했다.

"작가님, 무대로 올라가시면 됩니다!"

승필의 말에 뒤늦게 규현은 무대를 향해 발걸음을 재촉했다. 무대로 올라가자 민혜가 다가와 꽃다발을 건넸다.

"고마워요."

규현은 감사를 표한 뒤, 수상 소감을 말했다.

막상 마이크 앞에 서니까 아무것도 생각나지 않았다.

비슷비슷한 수상 소감을 말하는 다른 수상자들의 사정을

이해할 수 있었다.

무대에 올라오기 전 규현은 비슷한 수상 소감을 말하는 수상자들을 보며 독창적인 수상 소감을 생각해 냈었지만 마이크 앞에 선 순간 머리가 하얗게 변했다.

그래서 규현도 다른 수상자들과 비슷한 수상 소감을 말할 수밖에 없었다.

"…감사합니다."

마지막으로 감사 인사를 한 뒤, 그는 테이블로 돌아왔다.

"작가님, 수상 소감 멋졌습니다."

"고마워요."

빈말인 게 뻔했지만 규현은 입가에 가벼운 미소를 머금은 채 대답했다.

시상은 계속 진행되어 어느덧 주연상 차례가 되었다. 남우주연상과 여우주연상은 모두 양반탈의 강석과 민혜가 휩쓸었고 다른 상들도 대부분 양반탈이 휩쓸었다.

양반탈을 위한 시상식이라고 말해도 과언이 아닐 정도였다.

"빨리 들어가야겠다."

시상식이 끝났을 때 시계는 새벽 1시를 조금 넘기고 있었다. 규현은 서둘러 돌아가기 위해 발걸음을 옮기려 했다. 그순간 민혜가 달려와 규현의 앞을 막아섰다.

"작가님!"

"네, 민혜 씨. 말씀하세요."

"시상식 애프터 파티가 있는데 참석하지 않으실 거예요?"

"애프터 파티요?"

"네."

민혜의 말에 규현은 호기심이 생겼다.

어쩌면 연예인들을 엿볼 수 있는 좋은 기회일지도 몰랐다. 그리고 작가는 무엇이든 많이 알고 있을수록 좋다고 생각한 규현은 참석하겠다고 대답한 뒤 그녀와 함께 애프터 파티장으로 이동했다.

파티장은 시상식장 바로 옆에 위치해 있었다.

기대했지만 애프터 파티는 생각보다 별거 없었다.

유명 배우가 많이 참석해서 그럭저럭 눈요기는 되었지만 영양가 없는 시간이었다.

다만 수확이 전혀 없는 것은 아니었다.

애프터 파티가 끝나고 파티장에서 나오던 규현은 주머니에서 뭔가를 꺼냈다.

애프터 파티에서 받은 명함이었다.

그곳에는 레이드 컴퍼니 대표라는 직함과 최상우라는 이름이 적혀 있었다.

"뮤지컬이라……."

규현은 주차장을 향해 발걸음을 옮기며 생각을 곱씹었다.

레이드 컴퍼니는 국내 창작 뮤지컬을 제작하고 지원하는 회사였다.

예전에도 그랬지만 국내 창작 뮤지컬이 인기를 끌지 못하면서 레이드 컴퍼니는 다소 위기를 겪게 되었다.

그래서 최상우는 승필의 소개를 받아 규현에게 접근한 것이었다.

상우가 규현에게 접근한 이유는 간단했다.

그는 유명 작가이고, 그가 뮤지컬 시나리오를 써주기만 한다면 적어도 그의 이름을 보고 찾아올 사람이 많을 게 분명하기 때문이었다.

명함을 보며 생각에 잠긴 규현은 발걸음을 옮긴 끝에 주차장에 도착했다.

술을 몇 잔 마셨기 때문에 대리운전을 부른 상태였다.

"일단은 최후의 흑마법사에 집중하자."

상우에게서 명함을 받고 설명을 듣다 보니 국내 창작 뮤지컬에도 조금의 관심을 가지게 되었다. 하지만 규현은 고개를 젓는 것으로 뮤지컬에 대한 관심을 떨쳐냈다. 지금은 최후의 흑마법사를 쓰는 중이었다.

어떻게 하다 보니 유명세 덕분에 종합 등급 S 판정을 받긴 했지만 작품 스탯은 격상될 수도 있지만 하락할 수도 있었다.

조금이라도 다른 곳에 집중하느라 긴장을 놓는다면, 언제 S급 작품이 격하될지 몰랐다.

기본적인 등급이 있으니 B로 격하되진 않겠지만 A급으로 격하되는 것은 피할 수 없을 것이다.

"대리운전 부르셨죠?"

누군가 말을 걸었다. 고개를 들어 보니 대리운전 기사로 보이는 남자가 서 있었다. 생각에 잠겨 있느라 인기척을 느끼지 못한 것 같았다. 대리운전 기사가 운전석에 탑승했고 규현도 조수석에 탑승했다.

"어디로 모실까요?"

운전대를 잡은 대리운전 기사가 목적지를 물었다.

규현은 대답 대신 내비게이션을 터치해서 등록된 주소를 불러왔다.

주소를 확인한 대리운전 기사는 규현의 오피스텔로 차를 몰았다.

밤의 도로는 한산했고 얼마 지나지 않아서 오피스텔 주차장에 도착할 수 있었다.

규현은 돈을 지불하고 오피스텔로 올라갔다.

오피스텔에 도착한 그는 옷을 갈아입기 무섭게 침대에 힘없이 몸을 던졌다.

당장 새벽이 지나가면 올해의 라이트노벨 시상식에 참여하기 위해 일본행 비행기에 타야만 했다.

침대에 누워서 한참 동안 눈을 감고 있었지만 잠이 오지 않았다.

"글이나 쓰자."

술도 과하게 마시지 않았기 때문에 그는 글을 쓰기로 마음먹고 책상에 앉아 노트북을 켰다.

문서 파일을 열고 열심히 노트북 키보드를 두드리기 시작했다. 글 쓰는 것에 집중하니 시간은 금방 흘렀고 아침이 되었다.

'역시 잠을 자지 않으니까 피곤하긴 하네.'

아무래도 숙면을 취하지 않았으니 피곤할 수밖에 없었다. 규현은 일본행을 위해 트렁크에 짐을 챙기기 시작했다.

여행을 가는 건 아니지만 며칠 동안 머물게 될 것 같았기 때문에 완벽한 준비를 갖추기로 했다.

"후우!"

순식간에 짐을 다 챙긴 규현은 트렁크를 끌고 주차장으로 내려갔다.

혹시라도 숙면을 취하지 않아서 술기운이 남아 있을 수도 있다고 생각한 그는 대리운전을 불러서 공항으로 이동했다.

절차를 밟기 위해 이동하던 그는 주머니에 넣어둔 스마트폰이 진동하는 것을 느끼고 꺼냈다.

지은이 보낸 문자메시지였다.

[오빠, 전화해도 돼요?]

규현은 답장은 보내는 대신 그녀에게 전화를 걸었다.

―오빠다, 헤헤.

상당히 반가워하는 듯한 그녀의 목소리가 들려왔다. 규현은 트렁크를 끌며 입을 열었다.

"응, 무슨 일 있어?"

―사실은 궁금한 게 있어서 문자메시지 드렸어요.

"말해봐."

규현은 걸음을 멈추었다. 절차를 밟는 곳에 도착했기 때문이었다.

절차를 밟기 시작하면 통화하기 곤란했다. 규현의 말에 잠깐 동안 침묵이 이어졌다.

스마트폰 너머로 그녀가 망설이는 기색을 읽을 수 있었다. 시간이 흐르고 그녀의 목소리가 들려왔다.

―오빠! 크리스마스이브에 뭐 하세요?

"나 일본에 있을 것 같아."

—예?

규현의 대답에 순간 지은은 할 말을 잃고 말았다.

—그러면 한국으로 언제 돌아오실 거예요?

"2017년에는 돌아오지 않을 거야. 2018년이 되어야 돌아오겠지."

지은의 물음에 규현은 장난스럽게 대답했다.

그 말에 지은은 울상이 되었다. 그녀는 규현과 크리스마스 이브를 함께할 수 있을 것이라 생각하고 있었다.

그런데 일본으로 간다니, 전혀 예상하지 못했다.

—그럼 어디서 지낼 생각이세요?

"자세한 건 모르지만 아마 당분간 도쿄에 있을 것 같아."

마중 나오기로 한 교토 북스에서 숙소를 예약하기로 했기 때문에 아직 규현도 숙소가 어디인지 몰랐다.

그래서 지은에게 어디에서 며칠 있을 것이라고 확답할 수는 없었지만, 시상식이 도쿄에서 열리기 때문에 도쿄를 벗어나진 않을 것이다.

그것만은 확실했기 때문에 규현은 그렇게 대답했다.

—흐응, 그렇군요.

"이제 끊어야겠다. 출국 절차를 밟아야 해서 말이야."

—네, 오빠. 시간을 많이 뺏어서 죄송해요.

"아냐, 일본에서 문자메시지 보낼게."

―네.

전화 통화가 끝나고 규현은 출국 절차를 밟기 위해 이동했다.

공항엔 사람이 많아 절차를 밟는 데 제법 긴 시간이 걸렸다.

지루한 절차를 모두 끝내고 여객기에 오른 규현은 좌석 등받이에 몸을 기대고 눈을 감았다.

그가 다시 눈을 떴을 때 여객기는 일본의 국제공항 상공에 있었고 안전벨트를 맬 것을 부탁하는 안내 방송이 흘러나오고 있었다.

안전벨트를 매고 얼마 지나지 않아서 여객기가 착륙했다. 착륙과 동시에 작은 충격이 느껴졌다. 여객기가 완전히 정지하자 연결된 통로를 통해 탑승객들이 차례대로 내리기 시작했다.

출국 때와 마찬가지로 입국할 때도 절차가 있었다.

입국 절차를 밟는 것만 해도 시간이 꽤 걸렸고 모든 과정이 끝났을 때 규현은 트렁크 가방을 챙기고 교토 북스의 기획팀장 야마모토 켄이치와 만나기로 한 장소로 이동했다.

일본에는 몇 번 온 적이 있었기 때문에 이제 어느 정도 익숙했다.

"작가님!"

약속 장소에선 교토 북스 기획팀장 야마모토 켄이치가 통역사와 함께 있었다.

통역사가 옆에 있음에도 불구하고 그는 어색한 한국어로 '작가님'이라고 말했다.

"어? 한국어 배우셨어요?"

"아주 조금 배웠습니다. 아직 잘 모릅니다. 그래서 통역사가 필요합니다."

규현의 물음에 켄이치는 미소를 지으며 대답했다.

한국말을 배운 지 얼마 되지 않아서 조금 어색하긴 했지만 발음은 제법 괜찮았다. 하지만 아직까진 통역사의 도움을 받는 게 편했다.

켄이치도 그것을 자각하고 있었기 때문에 통역사를 대동한 것 같았다.

"바로 호텔로 이동하시죠."

켄이치가 말했다. 두 사람은 짧은 대화를 끝내고 바로 호텔로 향했다.

"그럼 저는 이만 가보겠습니다."

"저는 근처 숙소에서 있을 겁니다. 필요하시면 바로 연락주세요."

규현은 로비에서 두 사람과 헤어졌다.

켄이치는 교토 북스로 향했고 통역사는 규현이 묵는 호텔 근처의 숙박 시설로 향했다.

일본어를 모르는 규현의 편의를 위해서 통역사가 근처에 머물기로 했다.

객실로 올라온 규현은 소파에 앉아 노트북 전원을 켰다.

규현은 언제나 마감에 시달리는 작가였기 때문에 특별한 일이 없는 한 글을 쓸 수 있도록 늘 노트북과 함께였다.

집중해서 열심히 글을 쓰고 있다 보니 저녁을 먹을 시간이 되었다.

룸서비스를 시키기 위해 발걸음을 옮기던 그는 습관적으로 스마트폰을 들어 올려 확인했다.

지은에게서 문자메시지가 2통이 와 있었다.

[오빠, 저 도쿄에 볼일이 있어서 지금 공항으로 가고 있어요.]

[도쿄 어느 호텔에서 머물고 계신 거예요?]

지은이 일본, 그것도 도쿄에 온 것 같았다.

규현은 그녀가 문자메시지를 보낸 시간을 확인했다. 다행히 마지막 문자메시지가 도착한 시간은 불과 5분 전이었다.

규현은 문자메시지를 보내는 대신 그녀에게 전화를 걸었다.

―여보세요?

지은이 전화를 받자 규현은 자신의 위치를 그녀에게 말했다.

―아! 거기 저도 알아요. 마침 근처니까 제가 호텔로 갈게요!

"뭐? 호텔로 온다고?"

―네, 로비에서 봬요!

그녀는 규현이 뭐라고 말하기도 전에 전화를 끊었다.

평소보다 더 적극적인 지은의 행동에 규현은 살짝 얼이 빠졌지만 서둘러 노트북을 챙기고 로비로 내려갔다.

로비 중앙에서 규현은 지은을 만날 수 있었다.

평소에 비해 옷을 신경 써서 입은 건지 지은과 아주 잘 어울렸고 아름다웠다. 그 모습에 규현은 순간 할 말을 잃을 수밖에 없었다.

"도쿄에는 어쩐 일이야?"

"아는 사람에게 꼭 전해야 할 게 있어서요."

"택배로 안 보내고?"

"직접 전해줘야 해요."

규현의 물음에 지은이 대답했다.

하지만 그녀의 말은 변명일 뿐 사실은 규현을 만나기 위해 일본으로 온 것이었다. 그녀는 크리스마스이브를 규현과 함께 보내기 위해 휴가를 냈다.

비록 아직 사귀는 사이는 아니었지만 그녀는 규현과 알콩달콩 시간을 보내기 위해 많은 계획을 짰다.

하지만 그가 갑작스럽게 일본으로 가는 바람에 그녀의 계획은 무산되었다.

그래도 이대로 크리스마스를 홀로 보내는 것은 싫었기 때문에 규현을 따라 일본으로 온 것이었다.

"그럼 볼일은 끝난 거야?"

규현의 물음에 지은은 고개를 끄덕이며 입을 열었다.

"네, 끝났어요!"

"그럼 이제 돌아갈 거야?"

"아뇨, 마침 휴가도 냈고 일본에 온 김에 며칠 동안 관광이나 할 생각이에요."

규현이 한국으로 돌아갈 것이냐고 묻자 그녀는 거세게 고개를 저으며 대답했다. 아직 목적도 이루지 못했는데 돌아갈 수는 없었다. 그래서 그녀는 일본에 며칠 더 체류할 것을 결정했다.

"그래? 숙소는 어떻게 하려고?"

"여기 이 호텔 상당히 좋아요. 저번에 도쿄에 왔을 때도 여기서 지냈어요."

"도쿄에 몇 번 와본 거야?"

규현의 물음에 지은은 고개를 끄덕였다.

"네."

"그럼 일본어도 어느 정도 할 수 있겠네?"

"물론이죠. 잘하는 편은 아니지만 어느 정도는 할 수 있어요."

그렇게 대답한 지은은 혀를 살짝 내밀어 보이며 웃음소리를 흘렸다.

그녀는 일본어를 잘하는 편은 아니었지만 기본적인 실력은 갖추고 있어서 혼자서 길을 찾는 것 정도는 가능했다.

"정말이야? 잘됐다. 도쿄 좀 구경시켜 줘."

규현은 지은에게 도쿄를 구경시켜 줄 것을 부탁했다.

도쿄에 몇 번 온 적이 있었지만 관광이 주목적이 아니었고 일 때문에 온 것이었기 때문에 관광에 집중할 수 없었다.

관광을 하긴 했지만 넓은 도쿄를 즐기기엔 턱없이 부족했다.

그는 외국의 음식을 즐기는 것을 좋아하는 편이었는데 경험해 보지 못한 도쿄의 맛집은 많이 있었고 시상식이 있는 26일까지 아직 시간은 많이 남아 있었다.

최후의 흑마법사와 기사 이야기 개정판의 원고를 작업해야 하지만 당장 마감이 급한 것도 아니어서 여유는 있었다.

일본에 온 김에 관광을 하는 것도 나쁘진 않을 것 같다고 생각했다.

"그럼 저 체크인만 하고 올게요."

'체크인? 내가 있는 곳을 어떻게 알고 예약한 거지? 우연인가?'

지은은 규현을 보며 그렇게 말한 후 체크인하기 위해 호텔 프런트로 향했다. 그리고 그녀가 미리 자신과 같은 호텔을 예약했다는 것에 살짝 놀랐지만 우연이라 생각하고 가볍게 넘겼다.

"오빠, 가요."

벨 맨과 함께 객실에 짐을 가져다놓고 온 그녀는 다시 로비로 내려와 가벼워진 몸으로 규현과 합류했다.

두 사람은 호텔을 나와 도쿄 번화가를 돌아다녔다.

크리스마스 시즌이라서 그런지 트리도 많았고 커플의 모습도 심심찮게 찾아 볼 수 있었다.

옆을 지나치는 커플의 모습을 눈으로 좇으며 지은은 규현의 손을 잡을까 말까 망설였다.

그 모습을 본 규현은 입가에 미소를 지으며 지은의 손을 잡았다.

"아."

지은은 놀란 눈빛으로 규현을 보았다. 규현은 그런 그녀를 마주 보며 입을 열었다.

"추울 것 같아서… 다들 손을 잡고 다니기도 하고 말이야."

"헤헤."

규현의 말에 지은은 말없이 행복한 웃음소리를 흘렸다. 그러면서 규현의 손을 꼬옥 잡았다.

두 사람은 한참 동안 도쿄의 거리를 거닐다가 호텔로 돌아왔다.

*　　　　*　　　　*

26일이 되었다.

규현은 미리 챙겨온 정장을 입고 객실을 나왔다. 객실 앞에서 지은이 그를 기다리고 있었다.

"오빠, 너무 긴장하지 마시고 잘하고 오세요!"

"나 긴장 안 했어."

지은의 응원에 규현은 입꼬리를 슬쩍 끌어 올리며 대답했다.

시상식에 익숙한 것은 아니지만 그렇다고 해서 긴장할 정도는 아니었다.

"그럼 가볼게."

"다녀오세요."

규현은 로비로 내려갔다.

켄이치가 통역사와 함께 로비에서 기다리고 있었다. 규현은 그들과 합류하여 시상식장으로 향했다.

시상식은 별거 없었지만 올해의 라이트노벨이라는 잡지가 발간되면서 기사 이야기는 물론이고 최후의 흑마법사까지 집중 조명을 받게 되었다.

덕분에 매출이 상당히 많이 상승하게 되었고 교토 북스 관계자들과 규현의 입가에선 미소가 떠날 줄 몰랐다.

한국으로 돌아온 규현은 최후의 흑마법사와 기사 이야기 개정판 원고 작업에 집중했다.

그동안 조금 여유를 가졌던 만큼 더욱 집중해야만 했다. 2017년이 지나고 2018년이 되었지만 이전과 달라진 것은 없었다.

규현은 계속 글을 쓰고 있었고 그의 명성은 널리 퍼지고 인지도는 높아져만 갔다.

중간에 가벼운 슬럼프도 찾아오긴 했지만 그는 슬럼프를 거뜬히 이겨내고 다시 전진했다.

1월에 기사 이야기 개정판 9권이 출간되었고 최후의 흑마법사도 일본에서 3권이, 한국과 중국에서는 4권이 출간되었다.

"글 쓰는 기계가 된 기분이야."

"작가님, 조금 쉬는 게 좋지 않을까요?"

작가 대부분이 퇴근하고 사무실 직원들의 퇴근 시간도 임박하여 슬슬 대표인 규현의 눈치를 살피기 시작할 때였다

규현은 열심히 노트북 키보드를 두드리는 것을 멈추고 한탄하듯 혼잣말을 내뱉었다.

몇 년째 쉬지 않고 글을 쓰면서 달려왔더니 조금 지친 듯했다.

열심히 글을 쓰고 있던 칠흑팔검은 규현의 한탄 섞인 혼잣말을 듣고 잠시 쉴 것을 제안했지만 규현은 고개를 저었다. 쉬면 왠지 흐름이 끊길 것만 같았다.

조금 힘들어도 꾸준히 쓰는 게 좋을 것이라고 그는 생각했고 그대로 행동하기로 했다.

'메일이나 확인해야겠다.'

글을 쓰다가 막히는 순간이 있다. 꾸준히 쓰는 것도 좋지만 막히는 순간에는 잠깐 여유를 가지는 것도 좋은 방법이었다. 물론 아주 잠깐의 여유를 말하는 것이다.

규현은 잠시 여유를 갖기로 하고 메일을 확인했다.

"영어로 된 메일이네요? 미국에서 출판하자고 연락 온 거 아니에요?"

"일단 읽어봐야 하겠는데……."

상현이 옆을 지나치다가 규현이 보고 있는 메일을 확인하고 말했다.

그의 말대로 메일은 전문 영어로 적혀 있었지만 규현은 영문과였고 성적도 나쁘지 않았기 때문에 번역기의 도움 없이도 어렵지 않게 읽을 수 있었다.

39장

미드

　메일 내용이 꽤 길었기 때문에 읽는 데 5분 정도 걸렸다. 어려운 단어가 많았지만 읽기 힘들 정도는 아니었다.

　메일을 보낸 데이비드 하퍼라는 사람은 스스로를 이번 시즌에 제작이 확정된 미국 드라마 '검은 사신'의 메인 작가라고 소개했다.

　"칠흑팔검 작가님, 혹시 얼마 전에 에피소드2의 제작이 확정된 미국 드라마 중에 '검은 사신'이라고 알고 계신가요?"

　"네, 물론 알고 있습니다. 이번 시즌에 1,300억 원이라는 엄청난 제작비를 투입해서 인터넷에서는 꽤 유명하죠."

칠흑팔검 작가도 알고 있었다. 검은 사신은 옴니버스 형식을 메인으로 한 드라마였다.

"데이비드 하퍼라고 알고 있어요? 검은 사신 메인 작가라고 하는데……."

"미드는 한국과는 달리 하나의 작품에 여러 명의 작가들이 투입돼요. 그래서 저도 자세히는 모르겠지만 이름은 들어본 것 같습니다."

칠흑팔검은 취미로 가끔 미국 드라마를 봤다.

검은 사신 시즌1은 1,300억 원이라는 많은 제작비를 투입한 미드로 인터넷에서도 유명하기 때문에 칠흑팔검도 기억하고 있었다.

하지만 데이비드에 대한 정보는 그도 가지고 있지 않았기 때문에 규현은 인터넷으로 검색해야만 했다.

검색 결과, 메인 작가인지 보조 작가인지는 확인할 수 없었지만 그가 검은 사신의 작가라는 사실은 확인할 수 있었다.

"그런데 갑자기 미드에 대해서는 왜 물으시는 건가요? 혹시 관심이 생기신 건가요?"

혹여 동료가 생길까 싶어 칠흑팔검은 두 눈을 빛냈다. 규현은 입가에 미소를 머금은 채 고개를 저었다.

"아뇨, 데이비드 씨에게서 이번에 사정이 있어서 비게 된 보조 작가 자리를 제가 맡아줄 수 있냐는 내용의 메일을 받았어요."

"그게 정말이세요? 제작비 1,300억 규모의 미드 작가 제안을 받다니… 대단하십니다."

"메인이 아니라 보조예요."

"보조라도 대단한 겁니다. 새삼스럽게 대표님의 명성이 체감되네요."

칠흑팔검은 감탄했다. 규현은 쑥스러운 얼굴로 볼을 긁적였다.

"그런데 뭔가 걸리는 게 있다는 것 같은 표정이네요?"

칠흑팔검은 규현의 표정을 보고 조심스럽게 물었다.

규현도 데이비드의 제안은 반가웠지만 하나 걸리는 게 있었다.

"특별한 건 아니고… 보조 작가를 승낙하면 당분간 뉴욕에서 생활해야 한다고 하네요."

"아마 사무실 일을 걱정하시는 것 같습니다."

규현의 말에 상현이 끼어들었다. 그러자 칠흑팔검이 규현의 사정을 헤아리고 설명했다.

"뭔가 문제라도 있나요? 원고야 인터넷이 되면 시간에 맞춰서 보낼 수 있잖아요."

그의 말을 들은 규현은 말없이 고개를 끄덕였다. 그러자 상현도 납득하는 얼굴이었다.

원고를 보내는 건 늘 메일로 했고, 작가들도 충분히 영입했으니 당분간 걱정은 없었다.

다만 문제는 사무실을 장기간 비운다는 점이었다. 대표가 사무실에 있는 것과 없는 것에는 여러 가지로 많은 차이가 있었다.

이번에 규현이 뉴욕에 가게 되면 장기간 체류해야 하기 때문에 걱정이 되는 게 사실이었다.

"솔직히 조금 걱정되긴 하네요."

"하지만 대표님, 걱정된다고 해서 황금 같은 기회를 놓쳐서는 안 된다고 생각합니다. 이런 기회는 흔치 않잖아요?"

"그건 그렇죠."

칠흑팔검의 말에 규현은 고개를 끄덕이며 긍정했다.

미드 보조 작가의 기회는 정말 흔한 기회가 아니었다. 잠시 고민한 끝에 규현은 데이비드에게 답장을 보냈다.

제안을 받아들이겠다는 내용이었다.

＊　　　　　＊　　　　　＊

결국 규현의 미국행이 결정되었다.

메일로 가능한 업무는 여전히 규현이 하기로 결정되었지만 그가 미국으로 가면 할 수 없는 업무들은 상현과 칠흑팔검이 나눠서 맡기로 했다.

두 사람이라면 믿고 맡길 수 있었기 때문에 규현은 안심할 수 있었다.

미국으로 출발하기 일주일 전부터 규현은 아는 사람들을 만나 당분간 미국에서 지낼 것이라는 사실을 알렸다.

그것은 현지와 지은에게도 마찬가지였다. 마침 미국행이 결정된 당일, 사무실에 없었던 현지는 뒤늦게 규현의 미국행 소식을 듣고 다소 충격받은 모양이었고 지은은 의미심장한 표정으로 알겠다며 고개를 끄덕였다.

그리고 민혜도 만났는데 그녀는 자주 연락하라는 말만 하며 슬픈 얼굴로 짧은 이별을 고했다.

지인들에게 미국행을 알린 규현은 비자를 발급받는 등 미국 체류에 필요한 준비를 서둘렀다.

숙소는 검은 사신 제작사 측에서 제공해 주기로 했기 때문에 걱정 없었다.

모든 준비를 끝마치고 떠나는 것만 남았다.

"그럼 가보겠습니다."

시간은 빠르게 흘러갔고, 규현이 미국으로 떠나는 날이 되었다.

칠흑팔검과 상현, 그리고 현지와 지은은 공항까지 나가서 규현을 배웅했다.

그들의 배웅을 받으며 규현은 뉴욕으로 향했다.

＊　　　　＊　　　　＊

―승객 여러분, 잠시 후 공항에 착륙할 예정입니다. 안전벨트를 꼭 매주시길 바랍니다.

기장의 안내 멘트가 들렸다. 이윽고 여객기가 착륙하고 규현은 공항 밖으로 이동했다.

"진짜로 아무도 안 나올 줄이야."

규현은 혼잣말을 중얼거렸다.

메일에 마중 나오는 사람이 있다는 말이 적혀 있지 않아서 혹시나 싶었는데 진짜로 아무도 안 나올 줄은 몰랐다.

중국에서나 일본에서나 극진한 대접을 받아온 규현에게는 다소 익숙하지 않은 상황이었다.

검은 사신 제작사에 작은 실망을 느낀 그는 씁쓸한 표정으로 택시를 탄 뒤 약속 장소인 ABO 빌딩으로 향했다.

영문과 출신답게 영어 실력도 부족하지 않았기 때문에 어렵지 않게 도착할 수 있었다.

규현은 택시 기사에게 요금과 팁을 건넨 뒤, 무거운 캐리어를 이끌고 ABO 빌딩 안으로 들어섰다.

"정규현이라고 합니다."

ABO 빌딩 1층 로비에 도착한 규현은 데스크에서 자신의 신분을 밝혔다.

"잠시만 기다려 주시겠어요?"

데스크의 여직원이 어딘가로 전화를 걸었다.

이윽고 로비의 데스크 쪽으로 긴 흑발에 푸른 눈이 인상적인 남자가 걸어오는 모습을 볼 수 있었다.

"정규현 씨, 반가워요. 데이비드 하퍼라고 합니다."

"반갑습니다."

"일단은 사무실로 올라가시죠."

"네."

두 사람은 서로에 대해 간단하게 소개하며 악수를 나눈 뒤 사무실로 올라갔다.

사무실 내부의 응접실로 규현을 데려간 데이비드 하퍼는 해야 할 일과 미드 제작의 구조 등 상기해야 할 내용을 알려 주었다.

그리고 그와 함께 계약서를 내밀었다.

"사인하시면 됩니다."

그는 당연히 규현이 계약서에 사인할 것이라고 생각하고 있었다.

이미 계약 조건에 대해서는 메일을 통해 알려주었기 때문이었다.

규현은 혹시나 다른 내용이 있을까 싶어서 계약서를 확인했다.

메일로 알려준 내용과 동일했다.

동일하게 형편없는 조건이었다.

최근 북경 서고와 교토 북스, GE 게임즈와 국제콘텐츠진흥원 등과 맺은 계약과 비교하면 형편없는 대우였다.

그의 명성은 아직까지 미국에 크게 퍼지지 않은 것 같았다. 계약 조건은 좋지 않았지만 그는 조금의 망설임도 없이 계약서에 사인했다.

어차피 지금 계약은 미국 진출의 발판이었다. 계약 조건을 보고 계약하는 게 아니었다.

"잘 생각했어요. 앞으로 잘 부탁합니다."

"저야말로 잘 부탁합니다."

"이건 숙소 주소와 열쇠입니다. 그리고 이 서류집은 검은 사신의 세계관과 에피소드2에 꼭 들어가야 할 내용이 기록되어 있습니다. 그리고 주의할 내용도 일부 있으니 가져가서 꼭 읽어보세요."

"스토리 회의가 있다고 들었는데, 언제죠?"

"스토리 회의는 모레입니다. 매주 금요일이죠. 드라마 시나리오도 쓰셨고 소설도 제법 많이 쓰셨다고 들었지만 저희 업계는 일하는 방식이 많이 다릅니다. 제가 드린 서류집을 꼼꼼하게 읽어보세요."

데이비드는 서류집을 검지로 툭툭 치며 강조했다. 규현은 고개를 끄덕이며 서류집과 계약서, 그리고 주소가 적힌 쪽지와 열쇠를 챙겼다.

"살펴 가세요."

데이비드는 인사만 건넨 뒤 사무실에서 나오지도 않았다.

규현은 그와 작별을 고하고 숙소로 향했다.

숙소는 뉴욕 중심가에서 조금 떨어진 곳에 위치해 있었다. 열쇠로 문을 열고 들어간 순간 규현은 할 말을 잃었다.

"아, 신입인가? 어서 와요. 짐은 대충 아무 데나 놓으세요."

숙소 내부는 엉망이었고 한국계 미국인으로 보이는 남자가 소파에 누워 TV를 보고 있었다.

"하아."

규현은 한숨을 쉬며 방으로 들어가 비어 있는 침대에 짐을 풀었다.

마음 같아서는 호텔로 뛰쳐나가고 싶었지만 방을 같이 쓰는 보조 작가에게서 조금이라도 더 배우기 위해 간신히 참았다.

"반갑습니다, 정규현이라고 합니다."

짐을 대충 풀어놓은 뒤, 규현은 남자에게 다가가 인사를 건

넀다. 그는 소파에서 몸을 일으키지 않은 채 규현을 슬쩍 올려다보며 입을 열었다.

"제임스 박."

그는 짤막하게 이름만 말하고는 다시 TV에 집중했다.

규현은 절레절레 고개를 저으며 방으로 들어가 책상에 앉았다.

그리고 노트북 전원을 켜고 글을 쓰기 시작했다.

저녁은 각자 차려 먹었고 침대에 누울 때까지 한마디의 대화도 없었다.

스토리 회의가 있는 금요일이 될 때까지 규현과 제임스는 꼭 필요한 것을 제외하면 거의 말이 없었고 규현에게 도움이 될 만한 조언조차도 해주지 않았다.

선배 보조 작가로서 뭔가를 가르쳐 줄까 싶어 기대했지만 헛된 기대였다.

"스토리 회의를 시작하기 전에, 제임스 씨? 정규현 씨에게 기본적은 것은 가르쳐 주었죠?"

"아뇨. 워낙 가이드북을 열심히 읽으셔서 제가 알려 드릴 건 없었습니다."

데이비드의 말에 제임스가 대답했다.

그들의 대화에 규현은 눈살을 찌푸렸다.

데이비드 하퍼가 주었던 가이드북을 철저하게 읽은 이유는 제임스가 조금도 알려준 것이 없었기 때문이었다.

"그렇군요. 정규현 씨? 내용은 잘 숙지하신 겁니까?"

"네, 일을 하는 것에 있어서 아무런 장애가 없을 겁니다."

"그렇다면 다행이네요."

화가 조금 나긴 했지만 트러블이 생기는 것을 원치 않았기 때문에 무난한 대답을 골랐다.

그의 대답에 데이비드는 만족스러운 표정으로 고개를 끄덕였다.

"그럼 스토리 회의를 시작하겠습니다. 다들 스토리 라인을 읽어보셨으니 알겠지만 검은 사신 에피소드2는 한국이 배경이고 도사윤 준장이라는 한국인 캐릭터가 등장합니다."

검은 사신은 차원 침략자들의 공격을 막기 위해 인류가 연방이라는 이름 아래 하나로 뭉쳐서 대응한다는 내용을 담은 스토리를 가지고 있었다.

그중에서도 에피소드2는 한국이 배경이었고 다른 에피소드와 달리 도사윤 준장이라는 캐릭터가 주인공에 가까웠다.

아무래도 에피소드2를 맡은 보조 작가 2명이 모두 한국계인 이유는 에피소드2의 배경이 한국이라서 그런 것 같았다.

"우선, 가장 중요하게 주의해야 할 점을 하나 말씀드리겠습니다. 우리는 일정한 틀 내에서 시나리오를 쓰고 보강해야 합니다."

"절대적으로 틀에 맞춰야 한다는 말인가요?"

"정규현 씨는 조금 어색할지도 모르겠군요. 이미 중요 시놉시스는 구성되어 있습니다. 우리는 시놉시스를 참고해서 에피소드를 만들어야 합니다. 절대 큰 줄기를 손상시켜서는 안 됩니다."

"그렇다면 큰 줄기를 손상시키지 않는 선에서 소소한 스토리를 추가하는 것은 괜찮다는 말씀이시죠?"

"맞습니다. 다만 사이드 스토리도 너무 많이 넣으면 안 됩니다. 조미료도 너무 많이 넣으면 안 좋잖아요. 그것과 비슷합니다."

"무슨 말인지 알 것 같습니다."

"그럼 회의를 시작할게요."

드디어 회의가 시작되었다. 규현은 미국 드라마 스토리 회의에 참석하는 만큼 큰 기대를 했다. 하지만 첫 회의라서 그런지 연출 방법 등에 있어서 의견 충돌이 많았고 결국 큰 수확 없이 회의가 끝났다.

지루한 일주일이 흘러가고 다시 금요일이 되었다.

규현은 회의에 참석하기 위해 ABO 빌딩의 에피소드2팀 사무실에 들어갔다. 그런데 안에는 데이비드 대신에 다른 여직원이 있었다.

"하퍼 작가님은 어디 계시죠?"

"작가님은 교통사고로 입원하셨어요. 혹시 연락 못 받으셨나요?"

여직원이 말했다. 갑작스러운 하퍼의 교통사고 소식에 규현은 물론이고 제임스도 당황한 눈치였다.

"네, 따로 연락받지 못했습니다. 그런데 작가님 상태는 어떻습니까? 심각해요?"

심각하냐고 묻는 규현의 말에 여직원의 낯빛이 어두워졌다.

"조금 심각하신 것 같아요. 당분간 에피소드2의 시나리오 작업에는 참가하시지 못할 것 같습니다."

"데이비드 작가님이 진행할 수 없다면 에피소드2는 어떻게 되는 겁니까?"

제임스가 말했다. 여직원은 잠시 망설이다 입을 열었다.

"저도 자세히는 모르겠습니다만 어쩌면 다른 에피소드의 메인 작가가 에피소드2를 맡게 될 수도 있을 것 같습니다."

여직원의 대답에 제임스는 규현에게만 간신히 들릴 정도의 작은 목소리로 욕설을 내뱉었다. 규현은 두 눈을 가늘게 뜨고 팔짱을 꼈다.

이것은 기회였다.

감독을 만나서 잘만 설득한다면 에피소드2를 자신이 맡을 수도 있겠다는 생각이 들었다.

"감독님을 만나고 싶습니다."

"당신이 왜 감독님을 찾는 겁니까?"

규현이 여직원을 향해 감독의 행방을 묻자 옆에서 작은 소리로 욕설을 내뱉고 있던 제임스가 예민하게 반응했다.

본능적으로 규현의 속셈을 알아챈 것 같았다.

제임스 또한 메인 작가 자리에 욕심이 있었다. 그리고 다른 에피소드를 맡은 메인 작가가 에피소드2를 맡는 것이 힘들다는 것 또한 드라마 제작 업계에서 오래 종사해서 잘 알고 있었다.

"건의할 게 있어서요."

규현은 제임스를 보며 그렇게 대답하고는 여직원에게 다시 시선을 옮겼다.

"감독님을 만나고 싶습니다. 꼭 드릴 말씀이 있어서 그래요. 10분 정도면 됩니다."

"감독님이 얼마나 바쁘신 분인데! 10분이라도 어림없어요!"

제임스가 끼어들어 말했다.

"10분 정도라면 괜찮을 것 같네요. 일단 말해두겠지만 너무 기대하지는 마세요."

"그럼 저는 사무실에서 기다리고 있겠습니다."

"네."

여직원은 긍정적인 반응을 보였다.

그녀가 나가자 규현은 사무실에 마련된 자신의 자리에 앉아서 최후의 흑마법사를 쓰기 시작했다.

제임스는 벽에 기대서 규현을 못마땅하다는 눈빛으로 노려보았지만 규현은 신경 쓰지 않고 글을 썼다. 이윽고 사무실 문이 열리고 감독 조지 테일러가 들어왔다.

"자네가 날 찾았나?"

"아, 아니요."

"그럼 나가 있게."

조지 테일러는 순식간에 제임스를 쫓아냈다.

제임스는 강자에게는 약했기 때문에 아무런 말없이 사무실에서 나갔다.

그러자 조지 테일러는 규현의 옆에 의자를 끌고 와서 앉았다.

"나를 찾았다고 들었다네, 정규현 작가. 나는 시간이 없으니 용건만 간단히 말해주었으면 좋겠군."

"네, 그렇다면 거두절미하고 본론부터 말하겠습니다. 에피소드2의 메인 작가, 제게 맡겨주시죠."

"좋아."

"네?"

조지는 흔쾌히 승낙했다. 너무 쉽게 승낙해서 규현은 자신이 순간 잘못 들었나 싶었다.

"좋다고 하였네."

"…그렇게 바로 결정을 내리실 줄은 몰랐습니다."

규현의 말에 조지는 미소를 지으며 입을 열었다.

"에피소드2의 촬영까지 얼마 남지 않아서 외부 작가를 메인에 앉히기엔 이미 늦었지. 그리고 다른 에피소드를 맡고 있는 메인 작가들은 바쁘다네. 자네도 그것을 다 알고 내게 메인 작가 자리를 달라고 한 게 아닌가?"

조지의 말대로 에피소드2의 촬영일이 얼마 남지 않았기 때문에 외부에서 다른 작가를 데려와 메인 작가 자리를 주기엔 시간이 부족했다.

외부 작가를 영입하는 것 자체는 어려운 일이 아니었지만 전체 시놉시스가 정해져 있는 지금, 검은 사신의 방대한 세계관을 이해시키기엔 시간이 부족했다. 그리고 다른 에피소드의 메인 작가들은 맡은 에피소드가 최소 2개 이상이었기 때문에 바빠서 여유가 없었다.

"틀린 말씀은 아닙니다."

"그리고 나는 개인적으로 자네를 주목하고 있었네."

규현이 긍정하자 조지는 입가에 미소를 머금으며 말했다.

"저를 말씀이십니까?"

"물론이지. 메인 작가가 보조 작가를 뽑을 때 최종적으로 승인은 누가 한다고 생각하나?"

"당연히 감독님의 승인이 필요합니다."

"물론 그렇지. 거기다가 데이비드 작가에게 자네를 추천한 것도 나라네."

조지의 말에 규현은 조금 놀랄 수밖에 없었다. 그건 처음 듣는 말이었다.

"저를 어떻게 알고 계셨던 건가요?"

규현이 물었다.

아무리 생각해 봐도 미국 드라마 감독 조지 테일러와 한국의 작가 정규현과의 접점은 없었다.

규현의 책이 해외에 출간되긴 했지만 중국과 일본뿐, 미국에는 출간되지 않았다. 조지는 입가에 미소를 그리며 스마트폰을 들어 올렸다.

"이걸 보게나."

규현은 조지가 들고 있는 스마트폰으로 시선을 옮겼다. 화면의 중앙에 나이츠 아이콘이 보였다.

"나는 나이츠 만렙이라네."

조지의 고백에 규현은 또 한 번 놀랐다.

중국과 일본에서의 인기에 비하면 미국에서의 나이츠의 인기는 초라한 편이었다.

워낙 많은 유명 모바일 게임이 쏟아져 나오는 미국이었기 때문에 나이츠는 쉽게 노출되지 않았다.

일본과 중국에 비해서는 호응이 적은 편이었지만 인기가 많이 없는 편은 아니었다.

많지는 않지만 마니아라고 불리는 고정 유저들이 꽤 있었고 그들의 평가도 좋았다.

만약 조금 더 공격적인 마케팅을 전개했다면 더 많은 인기를 끄는 것에 성공했을 것이다.

"나이츠를 출시한 지도 시간이 꽤 지나서 미국에서는 잊혔다고 생각했는데, 이렇게 유저를 만나게 돼서 반갑습니다."

"나 또한 그렇다네. 그나저나 잡설은 이쯤하고 다시 본내용으로 들어가도록 하지."

"네."

"나는 나이츠의 스토리를 아주 훌륭하다고 보았고 자네라면 검은 사신에 아주 큰 도움이 될 것이라고 생각했지. 물론 아직 미국 드라마 제작 환경에 익숙하지 않아서 메인 작가를 시키기엔 무리가 있지만, 상황이 이렇게 되었으니 어쩔 수 없지. 그나마 가장 나은 방법은 자네를 메인 작가로 승진시키는 것밖에 없다고 생각하네만… 자네도 그렇게 생각하고 있던 게 아닌가?"

"맞는 말씀이십니다."

"좋아."

조지의 말에 규현은 부정하지 않았다. 조지는 만족스러운 표정으로 고개를 끄덕이며 의자에서 일어났다.

"제임스에게는 내가 따로 스태프를 시켜서 말하도록 하겠네. 약자에겐 강하지만 강자에겐 약한 친구니, 자네가 메인 작가가 된 것을 아는 순간 얌전해질 것이네."

제임스가 비굴한 면이 강하다는 것은 조지도 알고 있었다.

"나는 이만 가보겠네. 자네는 평소대로 사무실에 메인 작가로서 출근하게나."

"절 믿어주시니 최선을 다하겠습니다."

규현이 대답했다. 그의 대답을 들은 조지는 만족스러운 표정으로 고개를 끄덕이며 사무실을 나갔다. 그리고 그의 말대로 다음 날부터 규현은 사무실에 메인 작가의 직함을 달고 출근했다.

에피소드2팀에는 제임스와 단 두 명뿐이었지만 직함이 달라지니 새로운 기분이었다.

규현이 메인 작가가 되고 난 후, 첫 번째 회의를 진행하기 위해 그는 제임스와 함께 사무실로 출근했다.

어차피 팀원은 2명이니 숙소에서 회의를 진행해도 되지만 아무래도 사무실에서 하는 게 집중이 더 잘될 것 같아서 이쪽을 선택했다.

"제가 차를 내어 오겠습니다."

"부탁할게요."

제임스가 예의 바르게 말하며 차를 내어 오기 위해 탕비실로 이동했다.

규현은 처음 메인 작가를 맡을 때만 해도 드라마계에서 자신보다 경력이 많은 제임스 박이 격렬한 반대 의사를 표명하고 반항적으로 나올 것이라고 생각했지만 제임스는 조지의 결정에 순응하는 모습을 보였다.

그는 강자에겐 약하고 약자에겐 강한 비굴한 남자였다. 강자인 조지의 결정에 감히 반기를 들지 못했다.

더군다나 이제 규현은 그의 상사라고 할 수 있는 위치에 올랐기 때문에 밉보일 행동을 하면 불이익을 당할 것이라 생각한 듯했다.

"여기 있습니다."

제임스가 차를 내어 왔고 회의가 시작되었다. 규현은 제임스가 제출한 연출 기법을 검토한 후 입을 열었다.

"나쁘지 않네요. 연출 기법은 이대로 가면 좋을 것 같습니다."

"감사합니다, 작가님."

규현은 제임스가 제출한 연출 기법을 반려하지 않았다. 첫

만남은 마음에 들지 않았지만 그는 꽤 능력 있는 보조 작가였다.

이번에 제출한 연출 기법도 제법 쓸 만한 것들이었다. 연출 기법도 대략 정해졌고 준비한 안건을 해결하자 회의가 끝났다.

그리고 며칠 뒤, 감독과 각 에피소드의 메인 작가들이 참석하는 회의가 열렸다.

규현도 에피소드2의 메인 작가였기 때문에 당연히 회의에 참석했다.

"그럼 에피소드2의 촬영 장소에 대해 의논하겠네."

각 메인 작가들의 보고가 끝나고 조지가 에피소드2의 촬영 장소에 대해 언급했다.

이미 에피소드1의 촬영은 다 끝나가는 상황이었고 에피소드2의 촬영도 병행하면서 어느 정도 진행되고 있었다.

촬영 스케줄상 이제 한국이 주 배경인 야외촬영 장소를 정해야만 했다. 실내촬영 같은 경우엔 지금 우선적으로 촬영하고 있었다.

"저는 가능하면 한국에서 촬영하면 좋을 것 같습니다."

"야외촬영용 세트에서 촬영하는 게 좋지 않겠습니까? 여러 면에서 효율적일 것 같은데……."

규현이 의견을 말하자 에피소드4의 감독인 제시카 레이키가 조심스럽게 미국에서의 촬영 의견에 힘을 실었다.

"에피소드2에 등장하는 시가전 촬영은 야외촬영용 세트에서 진행하는 게 좋다고 저도 생각합니다만 산악전 같은 경우에는 한국의 산에서 촬영하는 게 여러 가지로 뜻깊다고 생각됩니다."

"한국이 배경이니 한국에서 촬영하는 게 좋겠지. 하지만 촬영 협조를 구할 수 있겠나?"

규현의 말에 조지가 우려를 표했다. 외국에서 촬영을 하려면 협조를 구해야 했다.

촬영에 상당히 협조적인 기관도 있는가 하면 비협조적인 기관도 있었기 때문에 조지는 가능하면 다른 장소에서 촬영하는 것을 꺼리는 편이었다.

하지만 그 부분에 대해서는 걱정 없을 것이라고 규현은 생각했다.

"그 부분은 걱정하지 않으셔도 될 것 같습니다. 제가 협조를 요청할 수 있습니다."

"촬영 스케줄이 급박하니 3일을 주겠네. 그 안에 협조를 받아올 수 있다면 한국에서 촬영을 진행하도록 하지."

"감사합니다."

회의가 끝나고 규현은 숙소에 들어가기 전에 한적한 공원을 찾았다.

그리고 국제콘텐츠진흥원의 콘텐츠진흥 2본부 드라마 산업 팀장 조승필에게 전화를 걸었다.

─작가님, 안녕하세요!

"한국은 지금 아침이죠? 아침 일찍부터 전화해서 죄송해요. 긴히 드릴 말이 있어서요."

뉴욕은 현재 오후 6시쯤이었으니, 한국은 아마도 아침일 것이다.

─하하하, 그렇게 이른 시간도 아닙니다. 미국 드라마 보조 작가로 일하신다고 하셨죠? 일은 잘 풀리고 있어요?

"그렇지 않아도 메인 작가라는 직함을 얻게 되었어요."

─정말 잘된 일입니다. 그나저나 무슨 일로 전화하셨나요?

승필은 규현이 메인 작가가 된 것을 축하하며 용건을 물었다.

"실은 한국에서 촬영해야 할 일이 있습니다. 그런데 어떤 곳에 협조를 구해야 하는지 잘 모르겠고 아는 사람도 없어서 도움을 청하고 싶어서 말이죠."

─아, 그래요? 그거라면 제가 도와드릴 수 있을 것 같습니다. 일단 어디서 촬영할 건지 알 수 있을까요?

"아마도 '산'이 될 것 같네요. 가능하면 자연이 확 느껴지는 곳으로요."

─산이라면 경상남도가 좋겠군요. 그런데 한국으로 한번

오시는 게 좋을 것 같습니다. 그래야 저와 함께 경상남도의 관련 기관에 방문해서 협조를 요청할 수 있거든요. 전화나 메일로 해도 되지만 저를 통하는 것이고, 이런 일은 최소한의 예의를 보여주는 게 좋습니다.

승필이 설명했다. 그의 말에 일리가 있었다. 규현은 입을 열었다.

"그럼 그렇게 하도록 하겠습니다. 어려운 일은 아니네요."

전화 통화가 끝나고 규현은 곧바로 조지에게 전화를 걸었다.

상황을 설명하자 조지는 규현이 한국에 가는 것을 허락했고 3일의 시간제한이 있기 때문에 규현은 서둘러 공항으로 향했다.

한국에 도착한 규현은 승필과 함께 경상남도청에 찾아가 촬영 협조를 구하는 데에 성공했다. 규현은 조지에게 전화로 촬영 협조를 얻어냈다는 사실을 전달했다.

귀찮게 될지도 모르는 촬영 협조를 쉽게 얻어내자 조지는 규현을 높게 평가했다.

─바로 촬영팀을 보내겠네. 한국에서 잠시 쉬고 있게나.

이미 규현과 제임스가 작성한 에피소드2의 대본은 통과된 상태였고 촬영 협조까지 받아낸 지금, 이제 촬영만 진행하면 되었다.

조지는 야외촬영용 세트가 필요한 장면의 촬영은 뒤로 미루고 촬영팀을 먼저 한국으로 보내는 것을 선택했다.

규현은 숙소에 머물면서 촬영팀을 기다렸고, 며칠 뒤 촬영팀이 도착했다.

그리고 지리산에서 첫 촬영이 시작되었다.

촬영이 진행되는 동안 특별한 일 없이 촬영은 금방 끝이 났다.

촬영팀은 다음 촬영을 위해 미국으로 돌아갈 준비를 서둘렀고 조지가 규현을 찾아왔다.

"고생이 많았네. 일단은 자네가 해야 할 일은 끝이 났다네. 데이비드가 일찍 퇴원해서 야외촬영용 세트 장면은 모니터링할 것이야."

"그동안 함께해서 영광이었습니다."

규현의 말에 조지의 입꼬리가 올라갔다.

"사탕발림인 건 알지만 그래도 고맙군. 이만 가보겠네."

조지는 규현에게서 등을 돌려 발걸음을 옮겼다. 먼저 앞서가는 촬영팀의 뒤를 쫓던 그는 갑자기 발걸음을 멈추고 몸을 돌려 규현을 향해 다시 시선을 옮겼다.

"혹시라도 미국에서 드라마 관련된 일을 하고 싶으면 언제든지 연락하게나."

"꼭 연락하겠습니다."

규현이 대답했다. 미국 드라마 시장에는 다시 진출할 생각이었다.

다만, 먼저 움직이면 몸값이 내려갈지도 모르기 때문에 그럴 생각은 없었다. 제작사 측에서 먼저 연락할 때까지 기다릴 생각이었다. 물론 기다리면서 떡밥 정도는 조금씩 뿌릴 생각이었다.

촬영팀이 미국으로 떠나고 규현은 평소처럼 이른 시간에 사무실로 출근했다.

사무실 문을 열고 들어가니 익숙한 풍경이 그를 반겼다. 이른 시간이었기 때문에 안에는 칠흑팔검과 상현밖에 없었다. 두 사람은 규현을 보며 미소를 지었다.

"형, 이제 드라마는 방영만 기다리면 되는 거예요?"

"축하드립니다."

"상현아, 수고 많았어. 칠흑팔검 작가님도 수고 많으셨습니다."

규현은 그렇게 말하며 의자에 앉았다.

두 사람은 규현이 미국에 있을 동안 그가 해야 할 일을 대신 도맡아서 해주었다. 그러면서 본인들이 해야 할 일도 외면할 수 없었으니 아마도 규현이 없는 동안 꽤나 바빴을 것이다.

"그럼 나중에 보너스나 많이 주세요."

"노력해 보죠."

두 사람은 대화를 끝내고 각자의 일에 집중했다.

어느덧 출근 시간이 가까워지자 사무실 직원과 작가가 하나둘씩 들어왔다. 규현은 그들과 일일이 인사를 주고받았다.

사무실의 빈자리가 다 채워지고 점심시간이 지났을 때 하은이 뭔가를 들고 규현에게 다가왔다.

"대표님, 타 플랫폼 1월 전체 정산 정리입니다."

"이번에도 많이 떼 가네."

규현은 글을 쓰는 것을 잠시 멈추고 타 플랫폼들이 떼어 가는 금액을 확인했다.

평소처럼 많이 뜯어가는 모습을 보고 규현은 새삼스럽지만 할 말을 잃고 말았다.

예전부터 생각했지만 심각했다. 이럴 바에야 차라리 독자적인 전자책 판매 사이트를 개척해서 독자들을 확보하는 게 더 나을 것 같다고 생각했다.

"칠흑팔검 작가님."

"네, 말씀하세요."

규현이 부르자 칠흑팔검이 노트북 키보드를 두드리던 손을 멈췄다. 그리고 규현에게 시선을 옮겼다.

"가람만의 독자적인 이북 플랫폼을 개척한다면 경쟁력이 있을까요?"

"저희 가람에는 흥행한 소설이 기사 이야기부터 시작해서 칠흑혈마, 제국 공격기 등 정말 많지요. 무엇보다 현재 국내 최고의 작가인 대표님이 계십니다. 앞서 말한 작품들을 잘 활용해서 이벤트를 기획한다면 충분히 경쟁력이 있을 것이라고 생각합니다."

칠흑팔검은 긍정적인 의견을 내놓았다. 규현도 비슷한 생각이었다.

출판사나 매니지먼트가 독자적인 이북 플랫폼을 만든 적은 몇 번 있었지만 기존의 이북 플랫폼과 경쟁했을 땐 밀리는 모습을 많이 보여주었다.

하지만 규현은 이길 자신이 있었다.

"형, 혹시라도 견제가 들어올 수 있어요."

"견제가 들어올 수도 있겠지. 나도 대형 이북 플랫폼에서 견제가 들어와서 기껏 만들어놓은 이북 플랫폼이 망하는 경우를 많이 봤어. 하지만 우리는 달라. 이미 우리는 시장을 점령하고 있어. 혹시라도 견제가 들어오면 문학 왕국을 제외하고 우리 플랫폼에만 유통하면 돼. 그래도 볼 사람은 볼 거야."

가람의 작가는 최정예들이었다. 이미 가람 작가들은 문학 왕국은 물론이고 타 플랫폼조차 장악이라는 말이 어울릴 정도의 성적을 내고 있었다.

만약 견제가 들어온다면 그들을 모두 문학 왕국을 제외한 타 플랫폼에 유통시키지 않는 강수를 두는 것이 가능했다.

"매력적이지 않은 작품은 다른 플랫폼으로 옮겨도 따라오지 않겠지만 그 작품이 매력적이라면 분명히 따라온다. 만약 안 따라온다면 이벤트를 하면 돼."

규현은 자신만만하게 말했다.

만약 상황이 여의치 않으면 기사 이야기와 최후의 흑마법사로 이벤트를 하면 되었다.

현재 국내에서 기사 이야기와 최후의 흑마법사를 읽지 않은 사람은 많지 않았다.

이미 두 소설은 국민 소설의 범주에 오른 지 오래였다. 사실상 국내에선 1세대를 제외하면 적이 없었다.

"상현아."

"네."

대충 생각을 정리한 규현은 상현을 불렀다. 상현이 믿음직한 목소리로 대답했다.

"일단 플랫폼 오픈은 너에게 모두 맡기겠어. 괜찮은 외주 업체를 섭외해서 진행해 봐. 돈은 얼마가 들어도 상관없어. 최고의 플랫폼을 만들 수 있도록 기반을 다져."

"최선을 다하겠습니다."

상현은 대답을 끝내기 무섭게 플랫폼 오픈을 도와줄 외주 업체를 찾기 위해 인터넷을 켰다.

그 모습을 보며 만족스럽게 고개를 끄덕인 규현은 시선을 칠흑팔검에게 옮겼다. 그러자 그는 규현을 바라보았다.

"그리고 칠흑팔검 작가님."

"네, 말씀하세요."

"오픈과 함께 타 플랫폼을 압도할 수 있는 이벤트 기획을 부탁합니다."

칠흑팔검은 최근 직함이 편집기획실장으로 변경되었다. 그는 규현의 말에 고개를 끄덕였다.

"일주일 안에 기획안 제출해 주세요."

칠흑팔검이 바쁜 것을 알고 있기 때문에 규현은 기한을 일주일로 넉넉하게 주었다.

짧다고 느껴질 수도 있지만 칠흑팔검에게는 충분한 시간이었다.

"최선을 다하겠습니다."

"그럼 잘 부탁드립니다."

*　　　　　*　　　　　*

가람은 철저하게 준비해서 가람북이라는 이름의 이북 플랫폼을 4월 초에 오픈했다.

플랫폼을 만들고 오픈하는 것까진 어렵지 않았다. 문제는 그다음이었다.

"형, 가람북 오픈 후 지금까지 매출입니다."

상현은 규현에게 매출 보고서를 제출했다. 타 플랫폼에서는 보통 매달 말일이나 익월 초에 정산 내역을 보내주지만 가람북은 가람에서 운영하고 있었기 때문에 다음 날 바로 매출을 알 수 있었다.

"생각보다 매출이 높게 나오지 않았네."

"네, 형. 칠흑팔검 작가님이 꽤 괜찮은 이벤트를 기획해 주셨는데도 효과가 많이 없네요. 아니, 어쩌면 칠흑팔검 작가님이 이벤트를 기획하지 않았다면 결과가 더 좋지 않았을 수도 있어요."

"생각보다 기존의 이북 플랫폼들에 대한 이용자들의 고착이 심한 것 같다. 이렇게 되면 이북 플랫폼을 새로 만든 이유가 없어지는데……."

매출이 생각보다 높지 않았다.

이렇게 되면 차라리 이북 플랫폼을 독자적으로 구축하는 것보다 기존의 이북 플랫폼들과 더욱 긴밀한 관계를 구축하는 게 나을 뻔했다. 규현은 고민했지만 쉽게 좋은 수가 떠오르지 않았다.

그때 마침 민혜로부터 오랜만에 얼굴이나 보자는 연락이 왔고, 일을 어찌어찌 마무리한 그는 일찍 퇴근했다.

"작가님!"

잠깐 민혜를 만나기 위해 카페에 먼저 도착한 규현은 아이스티를 주문해서 마시면서 기다리고 있었다. 그런 그에게 모자를 깊게 눌러쓰고 선글라스를 낀 민혜가 다가와 장난스럽게 규현의 어깨를 툭 쳤다.

"아, 오셨어요?"

스마트폰으로 인터넷에 가람북에 대해 검색하고 있던 규현은 의자에서 일어나 민혜를 맞이했다. 민혜는 미소를 지으며 규현의 앞에 앉았고 그녀가 앉는 것을 확인한 규현도 의자에 앉았다.

"완전 무장 하고 오셨네요."

"네, 아무래도 주변에서 알아보는 사람들이 부쩍 늘어서요."

양반탈로 인해 스타로 부상한 민혜는 이제 안정적으로 그 위치를 유지하고 있었고 인지도 상당히 높아져서 길거리를 걸을 때면 알아보는 사람이 많을 정도였다. 그래서 외출할 때는 모자와 선글라스가 필수였다.

"작가님, 걱정 있으세요?"

서로 안부를 묻는 등의 가벼운 대화를 이어가던 중 규현의 얼굴에 드리운 걱정의 그늘을 보고 조심스럽게 물었다. 규현은 어색한 미소를 지었다.

"큰 걱정은 없어요. 사소한 겁니다."

"사업상 비밀이 아니라면 저한테 한번 말씀해 보세요. 어쩌면 제가 해결책을 알고 있을 수도 있잖아요."

민혜는 적극적으로 나섰다. 선글라스 안의 두 눈이 반짝이는 듯했다.

단순한 호기심이 아니었다.

규현을 도울 수 있다면 최대한 돕고 싶었다.

"어서요, 어서."

"사실은 이번에 저희 가람에서 가람북이라는 독자적인 이북 플랫폼을 오픈했어요. 그런데 생각보다 매출이 잘 나오지 않아서 고민이네요."

결국 규현은 그녀의 재촉에 털어 놓았다.

"많이 안 좋아요?"

"손해를 볼 정도는 아니지만, 굳이 독자적인 이북 플랫폼을 구축할 필요가 있었나 싶을 정도의 매출이네요."

"쉽게 말하면 애매하다, 이 말씀이죠?"

"그렇죠."

규현은 고개를 끄덕였다. 그녀의 말대로 애매했다.

"작가님, 제가 도와드리고 싶어요."

민혜가 진지한 목소리로 말했다. 규현은 그녀에게 많은 도움을 주었다.

그가 아니었다면 오디션에 뽑히는 것도 힘들었을 것이며 촬영장에 적응하기도 힘들었을 것이다. 그래서 최대한 그를 도와주고 싶었다.

"민혜 씨의 마음만 받겠습니다."

"제가 광고 모델이 되어드릴게요."

바닥을 드러낸 아이스티 잔을 내려다보고 있던 규현이 그녀의 발언에 깜짝 놀라 고개를 들었다.

"물론 무보수로요."

민혜의 제안은 파격적이었다.

그녀는 지금 양반탈로 급상승하여 그 위치를 유지하고 있는 톱스타였다. 그녀를 광고 모델로 쓰려면 출연료가 어마어마했다.

물론 광고를 제작하려면 출연료 외에도 제작비가 소모되지만 톱스타를 쓸 경우 출연료는 무시하지 못할 수준이었다.

"소속사에서 뭐라고 할 것 같은데요?"

규현이 말했다. 소속사 입장에서는 반길 일이 아니었다.

"괜찮아요. 제가 잘 말할 게요."

그녀는 미소를 지으며 장담했다. 소속사를 설득할 자신은 있었다.

최근 인기도가 높아지면서 소속사에서의 그녀의 입지는 높아진 상태였다. 그래서 어느 정도 소속사에 자기주장을 할 수 있었다.

그녀는 그 자리에서 바로 소속사에 전화를 걸어서 허락을 받아냈다.

소속사 입장에선 규현과의 친분도 중요하게 여기고 있었기 때문에 부정적인 반응을 보이지 않았다.

민혜는 규현에게 두 가지 도움을 주었다.

첫 번째로 가람북에서 결제한 이용자들을 대상으로 한 이벤트 상품으로 사용할 수 있도록 팬 미팅 초대권 100장을 규현에게 제공하였다.

민혜는 톱스타였고 그녀의 팬 미팅에 참석하고 싶어 하는 사람들은 많았기 때문에 가람북의 매출은 며칠 동안 기하급수적으로 상승했다.

두 번째는 무보수 광고 모델이었다.

덕분에 규현은 엄청난 액수의 모델료를 지불할 필요 없이 광고를 제작할 수 있었다. 제작된 광고는 나이버 메인 배너에 들어가게 되었다.

나이버 메인 배너 광고비는 결코 적지 않았지만 톱스타급의 출연료를 아낄 수 있었던 덕분에 조금 무리하니 넣을 수 있었다.

나이버 메인 배너에 짧은 동영상으로 구성된 가람북의 광고가 올라가고 일주일의 시간이 지나 가람 사무실의 아침이 밝았다.

상현은 일주일간의 매출을 계산한 보고서 정리를 끝냈다. 그리고 그것을 인쇄하여 규현에게 가져갔다.

"형, 가람북 일주일 동안의 매출이에요."

"수고했어."

규현은 상현이 건넨 보고서를 건네받았다. 원래 다음 날이면 전날의 매출을 확인할 수 있어 매일 그렇게 했지만 나이버 메인 배너에 광고를 넣고 나서는 따로 매출을 확인하지 않았다.

일주일간의 광고 일정이 끝난 뒤, 매출을 한눈에 확인하여 손익분기점을 계산하기 위함이었다.

"이거 제대로 확인한 거 맞지?"

"네, 세 번이나 확인했어요."

규현의 물음에 상현은 고개를 끄덕였다. 그의 말에 규현은 보고서를 다시 확인해 보았다.

상현은 친절하게도 보고서에 설명과 손익분기점에 대한 계산 등을 모두 정리해 두었는데, 굳이 그의 정리가 없어도 문과인 규현이 손익분기점을 계산하는 데 아무런 문제가 없었다.

계산이 필요 없을 정도로 지출한 비용보다 수익이 압도적으로 많았기 때문이었다.

"제가 한번 봐도 될까요?"

보고서를 읽는 규현의 반응에 칠흑팔검이 다가와 물었다.

규현은 대답 대신 그에게 보고서를 내밀었다.

보고서를 받아들고 읽어 내려가는 칠흑팔검은 상당히 놀란 눈치였다.

"생각보다 매출이 엄청나네요. 단순 수익으로 따지면 손익분기점을 훨씬 넘어서네요."

"예. 아무래도 가람북의 고질적인 문제점이었던 인지도가 높아져서 그런 것 같네요. 이 정도일 줄은 몰랐지만요."

매니지먼트 가람의 이북 플랫폼인 가람북의 고질적인 문제점은 인지도 부족이었다.

신생 이북 플랫폼인 만큼 제대로 된 광고가 부족했던 탓이었다.

인지도 부족을 제외하면 다른 문제점은 거의 없었다.

플랫폼 내부의 작품 구성도 대부분 인기작으로 괜찮은 편이었고 이벤트도 탄탄했다.

무엇보다 그 중심에는 기사 이야기와 최후의 흑마법사가 있었다.

그래서 우연한 기회로 가람북에 흘러 들어온 이용자들은

계속 가람북을 이용하는 편이었다.

문제는 기존의 독자층에게 어필할 방법이 부족했다.

하지만 그것도 일주일간의 나이버 메인 배너 광고로 인해 완벽하게는 아니지만 어느 정도 해결할 수 있었다.

"형, 이제 인지도도 충분히 확보한 것 같은데, 기사 이야기랑 최후의 흑마법사 가람북 독점으로 돌려 버리죠?"

상현이 상기된 얼굴로 말했다.

현재 가람북의 이벤트 주력은 기사 이야기와 최후의 흑마법사, 두 작품이었다.

이 두 작품이 독자들을 끌어들이고 있었는데 독점으로 운영되고 있는 것은 아니었고 15% 할인이라는 다른 이북 플랫폼에 비해 높은 할인율을 무기로 내세우고 있을 뿐이었다.

"이거 독점으로 돌리면 괜찮을 것 같은데요. 나이버 메인 배너는 아니라도 다른 곳에 광고라도 넣으면 많은 독자들을 데려올 수 있을 것 같아요."

"아냐, 그건 안 돼. 북페이지를 완전히 적으로 돌릴 수도 있어. 지금 기사 이야기와 최후의 흑마법사는 북페이지의 입장에서도 많은 수익을 창출하는 작품이야. 황금 알을 낳는 거위라는 말이지."

상현을 보는 규현의 눈동자가 날카롭게 빛났다. 상현은 아무 말 없이 규현을 보았다.

규현은 그런 상현을 보며 말을 이어가기 위해 입을 열었다.

"가람북이 오픈하면서 황금 알을 나누고 있지? 거기까진 괜찮아. 북페이지도 경쟁이라는 의미는 알고 있을 거니까. 하지만 황금 알을 낳는 거위를 뺏게 된다면 어떻게 될까?"

"간단합니다. 그때부터는 북페이지를 비롯한 타 플랫폼이 필사적으로 변하게 될 겁니다."

규현의 말을 칠흑팔검이 완성했다. 상현은 다소 이해가 안 간다는 표정으로 입을 열었다.

"기사 이야기와 최후의 흑마법사가 대단한 작품이긴 하지만 겨우 두 작품 빠진다고 저희를 적대할까요?"

"가람의 대표적인 두 작품을 독점으로 돌리면 언제라도 가람의 다른 작품들도 독점으로 돌릴 수 있다는 의도로 받아들일 확률이 높아."

규현이 설명했다. 기사 이야기와 최후의 흑마법사를 독점으로 돌린다면 이북 플랫폼들은 단순하게 받아들이지 않을 것이다.

다른 작품들도 독점으로 돌릴 것이라고 생각할 테고 이를 대비하기 위해 움직일 것이다.

지금 가람 작품 중 대부분은 장르 문학계의 중상위권을 유지하고 있었기 때문에 그들이 전부 이탈한다면 이북 플랫폼들은 위기를 맞을 확률이 높았다.

"그러면 독점으로 돌릴 생각은 전혀 없는 건가요?"

"아니, 일단 지켜보자는 거야. 상황 보고 선독점이라도 한번 진행할 생각이 있어."

독점으로 전환하는 순간 기사 이야기와 최후의 흑마법사를 읽는 많은 독자들을 가람북으로 끌어올 수 있다. 기사 이야기와 최후의 흑마법사는 기존의 이북 플랫폼을 포기하고 따라올 정도로 매력적인 작품이었다.

독점의 이점을 쉽게 포기할 수는 없었다. 다만 상황을 지켜볼 뿐이었다.

"일단은 상황을 지켜보자고."

규현은 그렇게 말하며 보고서를 정리해서 서랍에 넣었다.

＊　　　　＊　　　　＊

5월이 되었고, 올해 초에 촬영했던 검은 사신이 방영되었다.

에피소드1의 반응은 그럭저럭했지만 규현이 임시로 메인 작가직을 맡았던 에피소드2의 반응은 폭발적이었다.

검은 사신은 옴니버스 형식인 드라마였기 때문에 에피소드

별로 반응이 많이 차이 나는 건 충분히 가능한 일이었다.

전혀 기대하지 않았던 에피소드2를 시작으로 검은 사신이 흥행 궤도에 진입하자 시즌2의 제작이 신속하게 결정되었고 시즌2의 감독으로 임명된 리퍼 세일은 제작진을 모았다. 그리고 마침내 시즌2의 메인 작가를 뽑아야 하는 시기가 찾아왔다. 시즌 메인 작가는 해당 시즌의 모든 에피소드를 총감독하는 중요한 위치였다.

"마음에 드는 사람이 없습니까?"

스태프의 말에 리퍼는 고개를 끄덕였다. 스태프는 고개를 저으며 입을 열었다.

"감독님, 이 명단이 전부입니다. 여기서 뽑으셔야 합니다."

"꼭 여기서 뽑아야 하는 건 아니지 않습니까?"

"그렇다네. 외부 인력을 영입하는 방법도 있다는 것을 잘 알고 있는 것 같군."

문이 열리고 시즌1의 감독이었던 조지가 걸어 들어왔다. 리퍼의 옆에서 보조를 하고 있던 스태프는 잠시 물러나고 리퍼는 보고서를 책상 위에 내려놓고 의자에서 일어나 조지에게 향했다.

"조지 감독님 아니십니까?"

리퍼의 입가에 미소가 그려진다. 그는 조지에게 손을 내밀었고 조지는 성큼성큼 걸어와 리퍼의 손을 잡았다. 짧은 악수가 끝나고 두 사람은 서로 마주 보고 앉았다.

"본론만 말하겠네. 정규현 작가를 생각하고 있는 것이지?"

"네, 그렇습니다."

조지의 물음에 리퍼는 긍정했다.

에피소드1과 에피소드2의 시청률 차이는 엄청났다. 그리고 당연히 인터넷에서의 반응도 상당히 차이 났다. 그래서 리퍼는 에피소드2의 메인 작가 데이비드 하퍼가 교통사고로 펜을 놓은 시간 동안 메인 작가를 맡았던 정규현의 영입을 고려하고 있었다.

"자네의 생각은 틀리지 않았네."

"감사합니다, 조지 감독님. 덕분에 확신이 섰습니다."

조지 감독의 말에 리퍼는 입가에 미소를 그린 채 스마트폰을 들어 올렸다.

＊　　　　＊　　　　＊

사무실에서 열심히 글을 쓰고 있던 규현은 스마트폰에 국제 전화번호가 찍힌 것을 확인하고 회의실로 들어가 전화를 받았다.

—처음 뵙겠습니다, 정규현 작가님이시죠?

"네, 반갑습니다. 실례지만 누구시죠?"

예상대로 한국말이 아닌 영어였다. 규현은 당황하지 않고 영어로 대답했다.

—이런, 실례했습니다. 저는 검은 사신 시즌2의 감독인 리퍼 세일이라고 합니다.

"벌써 시즌2의 제작이 결정된 겁니까?"

—네, 원래 이 바닥이 인기만 있으면 제작 결정 자체는 빨리 되는 편입니다. 문제는 제작이 얼마나 걸리느냐죠.

리퍼의 설명에 규현은 자신도 모르게 고개를 끄덕였다.

"저한테 전화를 건 이유가 대충 예상이 가는 게 있는데 제 생각이 맞습니까?"

규현이 말했다. 시즌2의 제작이 결정 난 지금 시점에서 감독되는 사람이 자신에게 전화를 걸 이유는 아마도 하나밖에 없을 것이다.

—네, 아마도 작가님의 예상이 맞을 겁니다. 시즌2 메인 작가를 부탁하고 싶습니다.

"에피소드 메인 작가와는 다른가요? 제가 미국 드라마계는 잘 몰라서 말입니다."

대부분의 사람들이 그렇듯 규현도 시즌 메인 작가와 에피소드 메인 작가의 차이점을 대충 짐작할 뿐 확실하게 차이를 알고 있지는 않았다.

—간단하게 설명을 드리자면 시즌 메인 작가는 시즌 전체

를 총괄하고 에피소드 메인 작가는 해당 에피소드만 총괄합니다.

"그렇다면 제게 시즌2의 전체 총괄을 맡기고 싶으시다는 겁니까?"

─물론입니다.

리퍼가 대답했다. 규현은 인정받는 듯한 기분이 들어서 기분이 좋았다. 하지만 기분이 좋다는 것을 절대로 티 내선 안 됐다.

너무 적극적인 모습을 보이면 몸값이 내려가기 때문에 그는 차분하게 입을 열었다.

"사실 제가 맡은 일이 너무 많습니다."

─선금을 먼저 보내 드리죠. 얼마를 원하십니까?

선금을 받으면 사람의 생각은 달라진다. 적어도 리퍼는 그렇게 생각했다. 규현은 곰곰이 생각한 끝에 입을 열었다.

"100."

그는 일단 100이라고 말했다. 100만 원을 뜻하는 것이었다. 100이라고만 말해서 여러 의미로 해석할 수 있었지만 설마 100달러를 줄 리는 없다고 생각했다. 선금은 비행기 표값에 보탤 생각이었다.

─100이라는 말씀이십니까……?

"네."

―잠시만… 대표님과 논의해 보겠습니다.

규현이 당당하게 대답하자 리퍼는 조금 당황한 기색을 감추지 못했다. 목소리에서 확연하게 느껴졌다. 리퍼는 5분 정도 말이 없었다.

―작가님, 일단, 너무 많은 금액이라서 선금은 무리일 것 같고, 계약서에 사인하시면 바로 입금해 드리겠습니다.

100만 원은 규현이 보조 작가일 때 받은 돈보다 적었다. 그런데 많다고 말하는 리퍼의 말에 규현은 적잖게 실망했지만 시즌 메인 작가가 되면 자신의 이름이 가장 먼저 나오고 나중에 미국 드라마 대상에 이름이 오르는 영광을 차지할 수도 있기 때문에 군말 없이 미국행 비행기에 탑승했다.

미국에 도착한 그는 바로 계약하기 위해 방송국으로 이동했다. ABO 빌딩에서 리퍼와 ABO 대표를 만난 규현은 바로 계약하자고 재촉했고 두 사람은 계약서를 꺼내 규현에게 건넸다.

계약서를 받아 든 규현은 그것을 확인했는데 계약금란에 선금이라고 적혀 있을 뿐 금액이 적혀 있지 않았다.

"계약금이 왜 비어 있죠?"

―미국에 도착하신 것을 저희가 확인한 순간 약속한 선금을 입금해 드렸습니다. 그거면 계약금으로 충분할 것 같습니다.

"잠깐만요. 확인 좀 하겠습니다."

규현은 스마트폰으로 입금 내역을 확인했다.

'100만 원이 아니라 100만 달러를 보낸 거야?'

규현은 너무 놀라서 할 말을 잃고 말았다. 100만 원이 아니라 100만 달러를 보낸 것 같았다. 통장엔 10억 원이 넘는 금액이 찍혀 있었다.

『작가 정규현』 6권에 계속…